इच्छाएँ

[कहानी संग्रह]

इच्छाएँ

कुमार अंबुज

राधाकृष्ण
नयी दिल्ली पटना इलाहाबाद कोलकाता

ISBN : 978-81-8361-689-8

इच्छाएँ

पहला राधाकृष्ण संस्करण : 2015
दूसरा संस्करण : 2016

मूल्य : ₹ 300

प्रकाशक
राधाकृष्ण प्रकाशन प्राइवेट लिमिटेड
7/31, अंसारी मार्ग, दरियागंज, नई दिल्ली–110 002

शाखाएँ : अशोक राजपथ, साइंस कॉलेज के सामने, पटना–800 006
पहली मंजिल, दरबारी बिल्डिंग, महात्मा गांधी मार्ग, इलाहाबाद–211 001
36 ए, शेक्सपियर सरणी, कोलकाता–700 017

वेबसाइट : www.radhakrishnaprakashan.com
ई-मेल : info@radhakrishnaprakashan.com

मुद्रक : बी.के. ऑफसेट
नवीन शाहदरा, दिल्ली–110 032

ICHCHHAYEN
Stories by Kumar Ambuj

प्रिय संध्या
के लिए,
गद्य में
जिसकी
असीम रुचि है।

अनुक्रम

इच्छाओं के प्रकाश में
सब कुछ साफ दिखाई देता है

वह भी
जो नहीं है
लेकिन होगा एक दिन।

हकला

मैं अपनी सुदूर स्मृति के पहले दिन से ही हकला हूँ। 'स्पीच थैरेपी' का नाम न तो मेरे घर-गाँव में किसी ने सुना था, न कस्बे में। बचपन में यह तय हो जाने के बाद कि यह तुतलाहट और भाषा सीखने की लड़खड़ाहट से अलग कोई दूसरी चीज 'हकलाहट' है, पिताजी द्वारा कई बार मेरी पिटाई भी की गई। पिताजी दुखी थे, चिन्तित और मेरी हकलाहट दूर करने के लिए प्रतिबद्ध। वे मुझसे एक झटके में ही पूरा वाक्य बोलने की अपेक्षा रखते थे। इसलिए प्यार से अपने पास बुलाते, गोद में बैठाते, एक हाथ में अमरूद दिखाते हुए रखते और कहते, "बोलो बेटा, राम ही हम सबका रखवाला है।" इसी तरह के कुछ और वाक्य भी बोलने के लिए कहते। मैं अमरूदों की तरफ याचनापूर्ण आशा से देखते हुए और असफलता की स्थिति में पिताजी के आगामी रूप की कल्पना करते हुए अजीब से उत्साह, भय और आशंका की स्थिति में पड़ जाता और 'सबका' या 'रखवाला' तक आते-आते गड़बड़ हो जाती। पिताजी उत्साह बढ़ाते। जितना उत्साह वे बढ़ाते, उतना ही परिणाम प्रतिकूल होता जाता। आखिर, अमरूद कहीं एक तरफ लुढ़क रहे होते और मैं दूसरी तरफ। पिटता मैं और क्षोभ-भरा विलाप पिताजी करते। कुछ दिनों बाद जब मैं पक्के तौर पर हकला हो गया और उन शब्दों में भी अटकने लगा जिन्हें पहले आसानी से, बिना हकलाए बोल लेता था, तब पिताजी ने उम्मीद छोड़ दी। भीषण उम्मीद और उद्देश्यपूर्ण पिटाई का सम्बन्ध खत्म हो गया। पिताजी के चेहरे पर मुझे देखते ही असहायता, पीड़ा और कातरता के भाव उभर आते। फिर कुछ दूसरे प्रयास भी किए गए। भभूत, लाल-काली कंठियाँ, तावीज, रिश्तेदारों की सलाहों के आधार पर मुलहठी, मिश्री, शहद में भस्मों के साथ कई तरह के काढ़ों का प्रयोग आदि। इनसे सबसे बड़ी बात यह हुई कि मैं स्कूल जाने से पहले ही

पड़ोस में, मोहल्ले, रिश्तेदारों और परिचित परिवारों में हकले के रूप में प्रसिद्ध हो गया। सबने मुझे लाइलाज हकला मान लिया और मेरे प्रति सहानुभूति रखने लगे। कुछ लोग अतिरिक्त हास्य पाने के लिए भी मुझे अपनी-अपनी टोलियों में शामिल करते। बड़ी बहन मुझे इस तरह की टोलियों का शिकार होने से बचाने की प्रायः असफल कोशिश करती। फिर मैं संकोची, काफी हद तक सुशील और दरअसल एक हकले बच्चे की तरह बड़ा होने लगा। हकलाहट मेरी पहचान में सहायक होने लगी। कौन रमेश? अच्छा, रमेश हकला!! स्कूल के दिनों की गाथाएँ भी लगभग ऐसी ही थीं। कई बार शिक्षक भी क्लास में मेरा मजाक बनाते या बनता देखते। मुझमें भी एक मूर्खतापूर्ण उत्साह घर कर गया था। बजाय इसके कि अधिकतर चुप्पा बना रहता, जैसा कि आजकल रहने लगा हूँ, मैं बोलने का प्रयास करता। सहपाठी उकसाते कि मैं 'सर' से कुछ सवाल पूछ लूँ। पिछली रात देखे गए नाटक या फिल्म की कहानी सुनते। सालों-साल गुजरने के बाद और कुछ समझदारी आने पर मैंने खुद को अब किसी हद तक संयत करना सीखा है। लेकिन यह इतना कठिन है और इतना जानलेवा कि आपको हर बार लगता है कि आप बोल सकते हैं, पूरा शब्द बोल सकते हैं, आपकी इच्छा बोलने की है और आप चुप रह जाते हैं क्योंकि एक पल में ही हजारों असफलताएँ, कटाक्षपूर्ण हँसी, दया बरसाती निगाहों की रीलें आँखों के आगे तैर जाती हैं। एक शब्द को पार न कर पाने की विवशता आपको पहले से ही दिखने लगती है। अनगिन शब्दों ने मेरा गला घोंटा है, मेरे कंठ में वे फँसे पड़े हैं और मेरी नींद में, मेरे सपनों में चुभते हैं। टूटे-फूटे शब्दों के कोने-किनारे, उनकी नोकें किस कदर तकलीफ देती हैं, मुझसे ज्यादा कौन समझेगा? शायद गूँगा भी नहीं क्योंकि उसके गले में शब्द पूरे-के-पूरे जज्ब हैं। टूटे, तुड़े-मुड़े या किरच-किरच शब्द तो मेरे गले में ही फँसे हैं। हालाँकि किसी गूँगे की तुलना में कितना भाग्यशाली हूँ, यह भी मैं समझता हूँ। लोग समझते हैं कि मैंने शब्दों का गला घोंटा है, उन्हें क्षत-विक्षत किया है, जबकि सच यह है कि मैंने सदैव शब्दों को अन्तरात्मा की गहराइयों से बोलना चाहा है। उत्कट कामना और आकांक्षा से मैं उनके पास गया हूँ, कसकर उनका हाथ पकड़ा है, जद्दोजहद की है लेकिन...। छोड़िए भी, मैं तो हकला ही ठहरा। बचपन और किशोरावस्था के अनेक निर्जन और अकेले कोने मुझे याद हैं जब मैं शब्दों को पुकारता ही जाता था और आप शायद यकीन नहीं करेंगे कि अपने

उस एकान्त में, जिसकी गवाह कुछ दीवारें हैं और कुछ दूसरी गैर-मनुष्य चीजें, मैंने कई वाक्य पूरे बोले हैं। लम्बे वाक्य। खँडहर में बदल चुके पहाड़ी पर बने, उस किले के दरबार हॉल की वह दुपहरी भला कैसे भूल सकता हूँ जब मैंने कुछ वाक्य चिल्लाकर लगातार बोले थे, बिना हकलाए। उन वाक्यों की अनुगूँज उस हॉल की विशाल, ऊँची छत से टकराकर लौटी थी। खुशी से मेरा वह उछलना और उसके बाद का रोना कि मैं बोल सकता हूँ। हकलाए बिना। वह वीराना, वह खँडहर, वह इतिहास और उसके ऊपर का आकाश गवाह है। लेकिन यह गवाही, यह मेरी एकान्त-साधना, यह सफलता किसी काम नहीं आ सकी। लोगों के बीच में, जैसे मैं किसी चढ़ाई पर चढ़ता, एक सीढ़ी, सँभलकर दूसरी, फिर तीसरी...आठवीं, ग्यारहवीं, किसी-न-किसी सीढ़ी से अचानक लुढ़क पड़ता। मैं हकले के रूप में बड़ा होता रहा। अनुभवों से सीखता रहा और चुप रह जाने के अवसर पहचानने लगा। धीरे-धीरे लोगों की पहचान भी होने लगी। अब मैं किसी को देखकर बेहतर अनुमान लगा सकता हूँ कि यह आदमी मेरी हकलाहट पर हँसेगा अथवा नहीं। या मन ही मन मेरी अजीबो-गरीब और काफी हद तक अर्जित की गई इस विकलांगता को लेकर खिल्ली उड़ाएगा या दया-भाव रखेगा या फिर घर जाकर या मित्रों के बीच उसका स्वाँग करेगा और कुछ देर के लिए खुद हकला हो जाएगा। पहले दया-भाव अच्छा लगता था। माँ का छाती से चिमटाकर आँसू टपकाना, जैसे वह दुनिया के तमाम हत्यारों से, चुहलबाजों से मुझे बचा लेना चाहती थी। सातवीं कक्षा का वह सहपाठी याद है जो बड़ी बहन की तरह मुझे शिकारी टोलियों से बचाने के लिए सक्रिय रहता। वह पेड़, जिसके नीचे बैठकर मैं अपना सबक याद करता और कई बार जोर से बोलकर याद करता। बड़ी बुआ, छोटे मामा और वह लड़की भी इसी गिनती में आएँगे जो मेरी तरफ आसक्ति-भरी लेकिन दुखित निगाह डालते थे, जिसमें उपहास कतई नहीं था। ऐसी सुरक्षाओं में ही मैं बड़ा हो पाया। लेकिन धीरे-धीरे दया-भाव बुरा लगने लगा। बल्कि इस दया-भाव से मुक्ति पाने के लिए मुझे पढ़ने-लिखने में, कुछ नया काम करने में रुचि और ललक पैदा हुई। यह अनायास नहीं हुआ कि धीरे-धीरे मैं लिखित शब्दों की ओर आकर्षित होने लगा। फिर जल्दी ही कहानियों, कविताओं और उपन्यासों की दुनिया में प्रवेश कर गया। उस दुनिया की सबसे खूबसूरत बात थी कि वहाँ कोई हकलाहट नहीं थी। सारे शब्द सम्पूर्णता में थे, अपने समूचे

शरीर और सामर्थ्य के साथ। वाक्य थे, लम्बे, छोटे, बिना विराम के और विराम-चिह्नों सहित। लेकिन वे सब वाक्य अपनी बात एक साँस में बोलते थे। सही उतार-चढ़ाव के साथ। जैसे वे खुद ही पात्र हों। उनकी धमक, उनका उच्चारण, उनका ओज और असर जादुई था। मैं उन्हें पढ़ता नहीं था, मन-ही-मन बोलता था, बिना हकलाहट के। उस आनन्ददायी दुनिया में मैं हकला नहीं रह गया था, वहाँ मुझे कोई हकला नहीं समझता था। मैं पिता को बताना चाहता था कि मुझसे वहाँ कोई नहीं कहता, "लो, यह एक वाक्य और इसे बोलकर दिखाओ।" अपने मनचले रिश्तेदारों, पड़ोसियों और सहपाठियों से कहना चाहता था कि देखो, यहाँ ऐसी कोई टोली नहीं है जो मुझे घेर ले। लेकिन मैंने किसी से कुछ नहीं कहा, किसी को कुछ नहीं बताया। यह दुनिया जादू की थी और मैं नहीं चाहता था कि इस दुनिया का पता किसी और को चले। इस तिलस्म को मैं टूटते हुए नहीं देखना चाहता था। यह एक सुरक्षित और आत्मीय संसार था। इसका पता किसी और को नहीं दिया जा सकता था। पिता को भी नहीं। यह मेरी गुफा थी लेकिन यहाँ से अधिक खुलापन, दीवानापन और अपनापन कहीं नहीं था। इससे मिलनेवाली ताकत और आश्वस्ति कितनी बड़ी थी, इसका अनुमान इस बात से लगाया जा सकता है कि मैं छपे या लिखित शब्दों को देखते ही अपनी सारी उदासी, सारा दुख और दंश भूल जाता था। पालतू पशुओं के प्रति मेरा प्रेम भी इसी हकलाहट की देन समझा जा सकता है। गाय के बछड़े से मेरा पहला प्रेम हुआ, तब मैं दस-ग्यारह साल का था। उससे मेरा बहुत वार्तालाप रहा। मैं उसके गले से लिपट जाता और वह अपनी गर्दन का पूरा भार मेरे कन्धे पर छोड़ देता। फिर एक तोते ने मुझे जीवन दिया। हम एक-दूसरे के बिना खाना भी नहीं खाते थे। इतनी बातें करते कि पता ही नहीं लगता था कि वह पक्षी नहीं रह गया है या मैं पक्षी हो गया हूँ। गली के एक कुत्ते ने पाँच साल तक मेरा साथ दिया। वे सब मेरे अधूरे शब्दों को पूर्ण बनाते थे। मेरे अर्ध-उच्चरित शब्दों या अटककर बोले गए वाक्यों का उन्होंने कभी अनादर नहीं किया। मैं आज भी बिल्लियों, घोड़ों, गधों, कुत्तों, बकरियों और चिड़ियों की बहुत इज्जत करता हूँ। हालाँकि अब उन्हें पालना, बन्दी बनाना या उनके जीवन को बाधित करना मुझे अच्छा नहीं लगता। एक निजी राहत की बात यह है कि गाना गाते हुए मुझे इस हकलाहट से मुक्ति मिलती है। मगर मैं हद से ज्यादा बेसुरा रहा आया हूँ। फिर भी अकेले में गाना मेरे लिए स्फूर्तिदायक

है। संगीत में मेरी दिलचस्पी है और मैं संगीत के लिए आसानी से रतजगे कर सकता हूँ। अब जाकर समझ आया है कि कुछ और बातों के लिए भी मैं अपनी हकलाहट के प्रति आभारी हो सकता हूँ। जैसे, यह हकलाहट नहीं होती तो बाँस के झुरमुटों, नदी के किनारों, मिट्टी के ढूहों, सूनी इमारतों, वृक्षों की मोटी पुरानी जड़ों, चट्टानों और जंगल के भीतरी दृश्यों से मेरा इतना गहरा परिचय नहीं हुआ होता। हवा की आवाज, जैसी वह अलग-अलग वृक्षों के पत्तों से गुजरते हुए आती है, नदी की आवाज जो दिन में दस बार बदलती है, धूप के रंग जो पहाड़ियों, झुरमुटों, मैदानों और गलियों में अलग-अलग होते हैं, अनगिन जन्तुओं और जानवरों की आवाजों को जानने-समझने का सिलसिला और प्रकृति के पास जाते ही उसमें धँस जाने का यह माद्दा शायद पैदा ही नहीं हुआ होता। चींटियों और साँप की बाँबियों के फर्क को समझना अब कितना आसान है। सितारों से, उनकी दुलकी चाल से, चन्द्रमा से और रात के अलौकिक अँधेरे से या अनजान निर्जन कोनों से मेरी सघन मुलाकातें नहीं हुई होतीं। लेकिन किसी हकले से ज्यादा यह बात भला किसे याद रहेगी कि अन्तत: वह एक मनुष्य है और उसे मनुष्यों के साथ ही रहना है। और यह कि मैं भी अपनी पहचान मनुष्यों के बीच, उनकी बोली-बानी के बीच चाहता हूँ। अपने जीवन के तमाम काम मुझे मनुष्यों के साथ ही रहकर करने हैं। इसलिए धीरे-धीरे मुझमें पुकारते चले जाने का जो धीरज पैदा होता गया है, हकलाहट का उसमें खासा योगदान है। यह समझने की ताकत भी यहीं-कहीं से आई कि मेरे पास कितनी सारी दूसरी जादुई शक्तियाँ हैं और मैं कितने सारे काम मजे में कर सकता हूँ। और एक दिन मुझे यह भी लगा कि मैं हकला जरूर हूँ लेकिन सचमुच हकलाता नहीं हूँ। जब उस दिन मैंने देखा कि वह आदमी, जिसे मैं बलशाली समझता था, जो साफ-शफ्फाफ शब्द बोलता था, जिसके शब्द तराशे हुए हीरों की तरह बिखरते थे और ललचाते थे, जिसे सुनना एक अनुभव था और जो अपनी वाणी से ईर्ष्या पैदा करता था, वह अचानक ही एक दूसरे आदमी को देखकर हकलाने लगा। मुझे उस रोज रात भर नींद नहीं आई। फिर आधी रात में मैं चिल्ला उठा--'ओह! तो मैं हकला नहीं हूँ। सचमुच का हकला नहीं हूँ।' यह किसी रहस्य से पर्दा उठने जैसा था। सारी दुनिया मेरे लिए उस दिन से रोज बदल रही है। ध्यान से देखने-सुनने पर मुझे अब अनेक लोग ऐसे मिलते हैं जो सरपट बोलते दिखते हैं लेकिन उस बीच वे अनेक बार

हकला रहे होते हैं। वे सपाट मैदान में चलते हुए गिर रहे हैं। उन्हें सुननेवाला शख्स भी समझ रहा होता है कि हाँ, ये जनाब हकला रहे हैं। जबकि शब्द इस उम्मीद में उनके पास आते थे, वाक्य उनके करीब आते थे कि उन्हें वहाँ पूर्णता मिलेगी, वे संवाद की दुनिया में अपने हिस्से का काम करेंगे लेकिन अचानक ही सब देखते कि जिन पर शब्दों ने सबसे ज्यादा भरोसा किया होता, वे ही लोग हकलाने लगते। जब वे इतनी साधारण बातें कहना चाहते—'आप चिन्ता न करें, मैं आपके साथ खड़ा हूँ', 'मैं आपकी भलाई के लिए काम कर रहा हूँ', 'प्रधानमन्त्रीजी खराब कविता लिखते हैं', 'हमारे बच्चों का भविष्य सुरक्षित है', 'यह सब्जी महँगी है' या यह कि 'आज की शाम कितनी सुहानी है', तब भी वे हकलाने लगते। इन्हें देखते हुए अचानक यह जान लेना कितना सुखद था कि दरअसल, मैं हकला नहीं हूँ। लेकिन यह देखना कितना मारक था कि दुनिया में इतने ज्यादा हकले हैं। संख्या बढ़ती चली जा रही है। मैं उनसे कहना चाहता हूँ कि तुम नहीं जानते यह किस कदर खूबसूरत बात है कि तुम शब्दों को आरोह-अवरोह के साथ उनकी सम्पूर्णता में सम्प्रेषित कर सकते हो, उन्हें उस तरह बोल सकते हो जिस तरह बोले जाने के लिए वे बने हैं और रोज बन रहे हैं, उन्हें तुम एक वाक्य के सुन्दर विन्यास में पेश कर सकते हो, उनकी पूरी ताकत के साथ, उनके पूरे रोमांच के साथ! शब्द को जब तुम किसी घन की तरह पटकना चाहो तो पटक सकते हो, यह नहीं कि मेरी तरह सबसे ताकतवर शब्द पर आकर अचानक मुँह बाये रह जाओ। या यह कि तुम जोर देकर एक वाक्य बोल रहे हो और ठीक बीच में हाथ उठा हुआ ही रह गया और शब्द हवा में झूल गया। तुम एक झटके में फूल को फूल कह सकते हो और गड्ढे को गड्ढा। तुम हकले नहीं हो तो यह जानो कि यह कितनी बड़ी बात है, कितनी बड़ी क्षमता। मुझसे पूछो। यकीन न हो तो मेरे गले के भीतर झाँको। मेरी नाभि में, मेरे कुएँ में देखो। देखो घिग्घी बाँधकर निढाल हो गए शब्दों की देह। सुनो उनका रुदन। उनकी बेचैनी देखो और उनकी अकाल, घिसटती हुई लम्बी मृत्यु। उनकी खंडित प्रतिमाएँ देखो। उन्हें देखो कि तुम समझ सको कि तुम्हारी भूमिका कितनी बड़ी है, कितनी जबर्दस्त। मैं तुम्हारे सामने हूँ। मेरा रेशा-रेशा उधेड़कर देखो और जानो कि आखिर हकला होना क्या होता है। यह कितने दुखों से मिलकर बनता है। इससे कितनी बड़ी असहायता का निर्माण होता है, कितनी खिड़कियाँ, कितने दरवाजे बन्द होते हैं। मैं तुम्हें बताना चाहता

हूँ कि तुम हकले नहीं हो। तुमने हकले का दुख नहीं देखा है, जीवन भी नहीं। तुम वास्तव में हकले होते तो तुम्हें तमाम प्रकृति, पशु–पक्षियों और किताबों से भी प्रेम होता। और इन्सानों से भी। लेकिन मैं हकलाता हुआ ही इन वाक्यों को कह पाया हूँ, किसी भयवश नहीं, बल्कि माफ करें, जैसा आप जानते ही हैं कि यह मेरी जन्मजात मजबूरी है। फिर भी व्यक्तिगत बातचीत में, बहसों में, चाय की गुमटियों के किनारे की गपशप में, मीटिंग्स में और आत्मालाप में यही सब कुछ कहता रहा हूँ। तरह–तरह से। घुमा–फिराकर। सीधे–सीधे भी। लेकिन किसी उपदेश की तरह नहीं। न ही किसी मन्त्र की तरह। मैं अपने निजी दुख की तरह इसे तुम्हारे सामने रखना चाहता हूँ। जाँघ में पके हुए फोड़े की तरह। कि आप ध्यान से एक बार सुन तो लें। फिर यह सब कह सकने के लिए मुझे लिखित शब्द याद आए। उनकी गरिमा, उनकी बेधक आवाज, गड़गड़ाहट और उनकी शक्ति याद आई। इसलिए लगा कि लिखकर ही आपसे कुछ कहूँ। अपनी पूरी गाथा, जल्दी–जल्दी एक साँस में इसलिए लिख सुनाई कि आप एक हकले का दर्द, निरुपायता और व्याकुलता कुछ हद तक महसूस कर सकें और जानें कि हकला न होना कितनी बड़ी नियामत है। खास तौर पर तब, जबकि आपकी यह हकलाहट मेरे मन में आपके लिए सहानुभूति भी नहीं बना पा रही है। और आपकी इस पकी उम्र को देखकर मैं यह मानने को भी तैयार नहीं हूँ कि आप मेरा स्वाँग कर रहे हैं और महज मनोरंजन करना चाहते हैं। यदि आप हकले नहीं हैं तो हकला बनने की जरूरत क्या आन पड़ी है! मैं किस मुँह से कहूँ कि मुझे अब मेरी हकलाहट उतनी बेचैन नहीं करती जितनी आपकी। आखिर में, मैं चाहता हूँ कि आपका धन्यवाद अदा करूँ क्योंकि एक हकला, उनका शुक्रिया ही सबसे ज्यादा अदा कर सकता है जो उसे धैर्यपूर्वक सुनें, उसके खुले हुए मुँह, पेशानी के बल और शब्द को खींच निकाल लाने के श्रम पर अफसोसनाक निगाह न डालें। और जब वह किसी एक शब्द पर, एक विचार, एक आकांक्षा या एक उम्मीद पर अटक गया हो तब भी उसे सुनते रह सकें और उसका वाक्य पूरा होने तक उसकी तरफ उस तरह देख सकें, जैसे बचपन में मेरी माँ, मुझ हकले की तरफ देखती थी।

माँ रसोई में रहती है

रात करीब तीन बजे मेरी नींद खुली।

कुछ खटर-पटर की आवाज आई, जाकर देखा तो माँ रसोई में कोई बर्तन निकाल रही थी। मुझे देखकर वह चौंक गई। फिर हँसकर कहने लगी, "अभी सुबह होने में देर है, तुम सो जाओ।" उसकी दन्त-पंक्ति बहुत लुभावनी थी।

मैंने अपनी अलसाई हालत में पूछा, "तुम इतनी रात में क्या कर रही हो? क्या सोई नहीं??"

"अरे, सोई क्यों नहीं! अभी तो उठी हूँ।"

"तुम रात में ग्यारह बजे तक तो जाग रही थीं।" मैंने कुछ अचरज से कहा।

"हाँ, तो क्या हुआ। मैं इतना ही सोती हूँ। तुम जाकर सो जाओ।"

कुछ दिनों बाद मैं यकायक रात में एक-डेढ़ बजे उठ बैठा। कोई सपना टूटा था या कहीं से कोई आवाज आई थी। थोड़ी देर में लगा कि रसोई में कोई है। लाइट जल रही थी। जाकर देखा, माँ स्टूल पर बैठकर अखबार पढ़ रही थी। मुझे देखकर कुछ घबरा गई लेकिन तुरन्त ही संयत होकर पूछने लगी, "पानी पीना है?" और जवाब का इन्तजार किए बिना ही उलीचना लेकर गिलास में पानी डालने लगी। पानी पीकर मैंने पूछा, "माँ तुम अभी तक सोई क्यों नहीं?"

"बस, नींद नहीं आ रही थी तो यहाँ बैठकर अखबार पढ़ने लगी। सो जाऊँगी।"

"यह कोई बात हुई! जब देखो तब, आधी रात में भी किचन में बैठी रहती हो।"

''क्यों! क्या रसोईघर में नहीं बैठा जा सकता? मुझे यहीं बैठना अच्छा लगता है।''

''ठीक है।'' मैंने हारकर कहा, ''चलो, अब सो जाओ।''

''तुम जाकर सोओ। मैं यह आखिरी पेज पढ़कर आती हूँ।''

फिर ऐसा अनेक बार हुआ। जब कभी रात में मेरी नींद खुलती, बारह बजे, दो बजे, चार बजे या सुबह-सुबह पाँच बजे। वह मुझे किचन में मिलती। कभी कहती कि दही जमाने के लिए दूध रखना भूल गई थी। अभी पाँच मिनट में सोने जा रही हूँ। कभी बताती कि अरे, ध्यान आया कि घर में सब्जी नहीं है, सुबह के लिए चने भिगो रही हूँ। या यह कि आटा फ्रिज में रखना भूल गई थी। एक रात देखा कि बारह बजे, रसोई की दीवार पर लगे कैलेंडर पर दूध का हिसाब लिख रही थी। पूछने पर जवाब दिया कि रोज लिखती हूँ कितना दूध लिया। आज भूल गई थी, अभी याद आया तो लिख रही हूँ। कभी गुस्सा जताती, ''मैं जैसे ही रात में किसी काम से उठती हूँ, तू पीछे-पीछे चला आता है।''

यह तो अक्सर ही कहती कि बस, पानी पीने के लिए उठी थी, ठंडी हवा आ रही थी तो यहाँ खिड़की के पास खड़ी हो गई।

रसोई में दक्षिण दिशा की तरफ एक छोटी-सी खिड़की थी।

एक बार मैं घबरा ही गया। रात कोई दो-ढाई बजे का वक्त होगा। माँ अपने कमरे में नहीं थी। केवल पिताजी चित पड़े हुए खर्राटे ले रहे थे। बाथरूम में भी नहीं थी। किचन में और बैठक में अँधेरा था। बाहर का दरवाजा अन्दर से बन्द था। मैं चिल्लाया, ''माँ कहाँ हो तुम!''

माँ किचन के अँधेरे में से बाहर निकलकर आई। ''क्यों, क्या बात है इतनी जोर से आवाज क्यों दे रहे हो? मैं डर गई। जरा धीरे बोलो, सब लोग जाग जाएँगे।''

''ओफ्फो माँ। डर तो मैं गया था कि तुम न जाने कहाँ चली गईं।''

''मैं कहाँ जाऊँगी! यहीं रसोई में थी।''

''मैंने सब जगह देख लिया था। रसोई में घुप्प अँधेरा था।''

''तुम्हें लगता होगा अँधेरा। मुझे सब दिखता है। मैं पानी पीने आई थी।

खिड़की से बाहर देखने लगी। आज शायद सप्तमी है।''

मुझे गुस्सा आया। लेकिन मैं क्या कर सकता था। जाकर सो गया।

बाहर से लौटकर आओ तो अक्सर माँ ही दरवाजा खोलने आती लेकिन सीधे रसोई में से आना और वापस रसोई में चले जाना। कभी अचानक उमगकर कहती, ''तू अच्छा आ गया। जरा स्टूल पर चढ़कर पापड़ का डिब्बा उठा दे।'' उसके सारे काम रसोई से सम्बन्धित होते हैं। और उसके अपने सभी काम भी रसोई में ही सम्पन्न होते हैं। ब्लाऊज के हुक टाँकने से लेकर गेहूँ फटकने तक के सारे काम। साल में एकाध बार मौसी या बुआ को पत्र लिखती है तो वहीं रसोई में बैठकर, गोद में कोई किताब रखकर, कॉपी के पन्ने पर। बगल की चाचीजी या पड़ोस की लड़कियाँ अक्सर ही घर में आते हैं, उन्हें भी वह रसोई में ही बैठाती है। एक छोटी-सी चटाई है, जो कभी टूटती-फटती ही नहीं है। चाचीजी, अलका और मधु कई बार माँ से कह चुके हैं कि माँ की रसोई बहुत अच्छी है। मोहल्ले भर में सबको खबर है। करीने से जमी हुई और साफ-सुथरी।

माँ फुरसत में कभी अकेली बैठी दिखेगी भी तो अपने प्रिय एक फुट ऊँचे स्टूल पर, वहीं रसोई में। यह स्टूल मेरे जन्म से भी पहले का है। या फिर थोड़ी देर के लिए खिड़की पर खड़ी दिखेगी। कहीं खोई हुई, खिड़की के पार न जाने क्या देखती हुई। मुझे लगता है दक्षिण दिशा का पूरा आकाश उसे पता है। उधर कितने तारे हैं, कौन से नक्षत्र, कितने ग्रह। सूरज वहाँ से किस मौसम में कब गुजरता है और चाँद कितनी कलाओं में खिलता है, उसे मालूम है। उस दिशा के आसमान के रंग और बादलों के रूप, वह सब जानती है। हवा से, आकाश से मौसम का अन्दाजा लगा सकती है। या क्या पता वह यह सब देखती ही न हो। केवल दूर दिखते उन तीन-चार पेड़ों की पत्तियों को देखती हो या फिर सिर्फ साँस लेने के लिए ही खड़ी होती हो। उससे उसके बारे में कोई बात मालूम करना हमेशा कठिन होता है। वह बहला सकती है और इस तरह कि आपको लगेगा नहीं कि बहला रही है।

उसे रसोई से बाहर बुलाने की कवायद अक्सर ही बेकार जाती है। आवाज लगाकर पूछो कि बेल्ट, मोजे या घड़ी कहाँ है, इस उम्मीद में कि माँ इसी बहाने इधर आएगी लेकिन वह रसोई से ही हर चीज बता देगी। बीच के दराज में पीछे की तरफ देखो या कहेगी तकिये के नीचे या उधर दरवाजे के

पीछे की कील पर। उसकी पसन्द का कोई गाना रेडियो पर आ रहा होगा तो वहीं से कहेगी, ''रेडियो की आवाज थोड़ा तेज करो, यहाँ रसोई तक आवाज नहीं आ रही है।''

छुट्टी का दिन था। मैं दोपहर डेढ़ बजे खाना खाकर सोने चला गया। छोटा भाई क्रिकेट का मैच खेलने गया था। साढ़े तीन बजे सोकर उठा तो देखा माँ किचन में बैठी चावल बीन रही थी। मैं उसके गले से लिपट गया और लाड़ में भरकर कहने लगा, ''यह क्या। दिन-रात काम-ही-काम। कुछ-न-कुछ करते रहना। कभी आटा छान रही हो, कभी पानी, कभी दूध। कभी यह गरम कर रही हो, कभी उसे ठंडा कर रही हो। कभी बीनती हो, कभी फटकती हो। कुछ काम नहीं रहता तो नारियल कसने लगती हो या मसालों के डिब्बे बदलती रहोगी। पकाना, बघारना तो करती ही हो। सब्जी काटकर ढेर लगा देती हो। अब ये चावल लेकर बैठ गई हो। अखबार पढ़ने, चिट्ठी लिखने तक का काम यहीं बैठकर करती हो। मुझे यह सब अच्छा नहीं लगता। बाई बर्तन माँजती है, तब भी तुम यहीं किचन में रहती हो। अपने कमरे में जाकर आराम क्यों नहीं करतीं। वह कहने को तुम्हारा और पिताजी का कमरा है लेकिन उसमें तुम कभी नहीं रहतीं। बैठक में ही आराम कर लिया करो।''

''देख, तू कुछ नहीं समझेगा। ये सारे काम पहले से करके रखने पड़ते हैं। एकदम से कोई दाल-चावल-सब्जी कैसे बना देगा। जब भूख लगती है तो एकदम से लगती है। बाई से मैं बातें कर लेती हूँ। उसको कुछ बचा-खुचा देती हूँ। कभी उसे चाय भी बनानी पड़ती है। ये थोड़े-बहुत काम करने ही पड़ते हैं। कौन करेगा इन्हें ? और फिर मैं सोती तो हमारे कमरे में ही हूँ। बैठक में बैठना-लेटना मुझे बिलकुल पसन्द नहीं। इतना आना-जाना होता है कि वहाँ दो मिनट भी आराम नहीं किया जा सकता। मेरा काम रसोई में ही चल जाता है। यहाँ मुझे शान्ति रहती है।'' मेरे सिर पर हाथ फेरते हुए बालों को सहलाते, दुलारते हुए उसने जवाब दिया। इस उम्र में भी उसके केश काले और लम्बे हैं।

वह इस तरह बात करेगी कि जैसे मैं चार-पाँच साल का बच्चा हूँ और कुछ समझने लायक नहीं हूँ। हर एक जिरह के बाद, मुझे भी लगता है कि वाकई मैं उसके आगे नासमझ हूँ।

एक दिन शाम को देखा कि स्टूल दीवार से सटा है। माँ स्टूल पर बैठी है।

उसकी गोद में थाली है, जिसमें आधी लौकी छीली हुई रखी है और वहीं चाकू पड़ा है। माँ का सिर कुछ पीछे होकर दीवार से लग गया है और माँ सो रही है। उसके चेहरे पर विश्रान्ति थी और वह गहरी साँसें ले रही थी। मैं कुछ देर खड़ा सोचता रहा कि माँ को जगाऊँ या नहीं। पलटकर जाने ही वाला था कि माँ ने एकदम से आँखें खोल लीं और पूछने लगी, ''क्यों, क्या चाहिए?''

मैंने माँ को गौर से देखते हुए कहा, ''माँ तुम इतना थक जाती हो लेकिन यहीं रसोई में बनी रहती हो। उधर अपने कमरे में बिस्तर पर कुछ देर आराम क्यों नहीं करतीं। देखो, तुम अभी-अभी यहाँ थककर सो गई थीं।''

''नहीं, मैं सोई नहीं थी। मुझे कभी-कभी दीवार से सिर टिकाकर आँख बन्द करना अच्छा लगता है। मैं बिलकुल नहीं थकी हूँ। क्या चाहिए तुझे?''

''आजकल स्त्रियाँ क्या-क्या काम नहीं करतीं। तुम कभी-कभार बाहर भी घूम आया करो। यहाँ इस पिंजरे में क्यों बन्द रहती हो!'' मैंने बिलबिलाकर कहा।

''मैं घूम आती हूँ। तू ध्यान नहीं देता। सब जगह जाती हूँ। उधर बाहर बगीचे में भी। तुम लोग जब घर में नहीं होते, मैं बहुत घूमती-फिरती हूँ। कई बार गई हूँ दूर-दूर तक।'' उसकी आवाज जैसे रसोई के कोने में रखी गेहूँ की टंकी में से आ रही थी।

मुझे उसकी बात कुछ समझ में आई, कुछ नहीं आई। फिर वह हँसकर कहने लगी, ''शुरू में बेचैनी होती थी मगर अब मुझे घर का काम करना ही अच्छा लगता है। घर में ही इतना घूमना-फिरना हो जाता है कि कहीं और जाने की जरूरत नहीं लगती। कहते हैं कि मैं अपनी माँ पर गई हूँ। उसे भी यही सब अच्छा लगता था।''

''तुम्हारी बेटी होती तो तुम उसे भी अपने जैसा ही बना देतीं।''

''सबको सब मिलकर बनाते हैं। हम सब। बेटियाँ भी इसी तरह बन जाती हैं। लेकिन आज के जमाने में क्या कह सकते हैं! शायद वह कुछ अलग होती। कुछ अलग बन जाती।'' वह खुश थी या उदास या नाराज। कुछ पता नहीं चला।

मैं चुपचाप अपने कमरे में चला गया।

थोड़ी देर बाद किचन के सामने से गुजरा। देखा कि माँ किचन के प्लेटफॉर्म पर चढ़ी हुई है और टाँड पर से कोई डिब्बा उठाने की कोशिश कर रही है।

"माँ, हद करती हो तुम। मैं घर में हूँ न! मुझसे कहो, क्या उठाना है।" मैं चिल्लाया।

"दिन भर में कई बार चीजें उठानी-रखनी पड़ती हैं। तुझसे कहाँ तक कहूँ।"

फिर वह प्लेटफॉर्म से जमीन पर लगभग कूद ही गई। और एकदम दर्द से अपने बाएँ पैर की एड़ी पकड़कर कराहने लगी। मैंने उसे सँभालकर वहीं स्टूल पर बैठाया। बोली, "लगता है एड़ी में मोच आ गई।"

"हाँ, इस तरह कूदोगी तो और क्या होगा। मैं उतार देता न!"

"थोड़ी-सी मोच होगी। पाँव मुड़ गया। होता रहता है। चल, उधर से मसालेदानी उठाकर मुझे दे।"

फिर वह वहीं स्टूल पर बैठकर हल्दी की पुलटिस तैयार करने लगी।

उसी रात बीच में जब मेरी नींद खुली तो मैंने दूर से ही देखा कि खिड़की से, रसोई में रोशनी आ रही थी और उस दूधिया रोशनी में माँ खिड़की पर खड़ी थी। एकदम सीधी, तनी हुई। उसके पाँव में किसी मोच या चोट का असर नहीं था। वह खिड़की के पार देख रही थी। शायद चाँद, शायद पेड़। शायद कुछ नहीं। फिर वह धीरे-से मुड़ी और स्टूल पर बैठ गई। उसने दीवार से सिर टिका लिया और आँखें बन्द कर लीं।

अप्रत्याशित रोग की कथा

मेरे साथ हमेशा कुछ अजीब घटता रहा है। लेकिन लोग कहते हैं कि वह अजीब होता नहीं है, बल्कि उसे मैं अपनी अवाक् अवस्था में विचित्र अथवा अप्रत्याशित के खाते में डालता रहा हूँ। मजे की बात यह है कि चारों तरफ अप्रत्याशित हो रहा है। बच्चों के व्यवहार में, सड़कों पर, बाजारों में, खेल के मैदान में, मुगल गार्डन में, मौसम में, दोस्तों के चाल-चलन में, सपनों में, सब्जियों के रंग में, यहाँ तक कि फिल्मी गानों और नवरात्रि की झाँकियों में भी। लेकिन कहा यह जा रहा है कि मुझे कुछ बीमारी हो गई है। शायद यही सच हो क्योंकि किसी और को तो नहीं लग रहा कि कुछ अनपेक्षित घटता चला जा रहा है। अनिल को भी नहीं, जो मेरे प्रत्येक विचार से सहमत होता ही रहा है। धीरे-धीरे हालत यह हो गई है कि लोग मुझ पर तरस खाने लगे हैं और गाहे-बगाहे समझाते हैं कि तुम बेकार ही परेशान हो रहे हो, यह सब प्रत्याशित है। यह तो होना ही था।

ठीक-ठीक वह अप्रत्याशित भी नहीं होता। अब अगस्त की उस 12 तारीख को ही लीजिए। मैं पूरा भीग गया था। बारिश का मौसम लेकिन उस दिन आसमान साफ था और धूप खिली थी। मुझे लगा कि बारिश नहीं होगी। फिर लगा कि यह अगस्त है, बारिश हो सकती है। मुझे आशंका है कि शायद बात मैं आपको ठीक तरह समझा नहीं पा रहा हूँ। हालाँकि मुझे आशा थी कि आपको बेहतर तरीके से यह सब बता सकूँगा और आप भी कुछ सहयोग करते हुए समझ जाएँगे। इस कठिन समय में एक-दूसरे की बातें, सुख-दुख और परेशानियाँ धैर्यपूर्वक और सहयोग के जरिये ही समझी जा सकती हैं। जानता हूँ कि इधर ये दोनों स्थितियाँ दुर्लभ हैं। बहरहाल, कभी-न-कभी, ऐसा हर एक के साथ हुआ होगा कि वह खिली धूप में घर से निकला हो और घनघोर

बारिश में घिर गया हो। या बारिश की उम्मीद में उसे चिलचिलाता रेगिस्तान पार करना पड़ गया हो। लेकिन मेरे साथ यह 'कभी-कभी' नहीं होता, हमेशा होता है। इसलिए इसे मेरे सन्दर्भ में प्रत्याशित ही कहा जाना चाहिए। मगर आप भी अब समझ सकते हैं कि जब यह सब कुछ घटित होता है तो अप्रत्याशित हो जाता है।

मैं समझ रहा हूँ सम्प्रेषण की अपनी समस्या होती है। लेखकों के साथ तो और भी ज्यादा। आप प्रमाण चाहें तो 'लेखक की सच्ची मुश्किल' शीर्षक के सारे लेख पढ़ लीजिए जो संसार के हर लेखक ने लिखे हैं। यदि मैं किसान होता, बेलदारी करनेवाला मजदूर या लकड़हारा या बिल्ली तो बेहतर ढंग से अपने को सम्प्रेषित कर देता, क्योंकि तब आप किसी कला की, कहानी की, सम्प्रेषणीयता की उम्मीद करने की बजाय, खुद अपना दिमाग लगाना शुरू कर देते और मेरी बात जो पच्चीस-तीस वाक्यों के बाद भी शायद ढँकी-दबी है, दस-बीस शब्दों में ही उजागर हो गई होती और आप कहते कि ठीक है, आगे बताओ।

तो चलिए, कुछ छोटी बातों और कहानियों के जरिए आगे बताने की कोशिश करता हूँ। कहने लायक बातें हैं नहीं, मगर मेरा रोगमय जीवन ऐसी ही, न कहने लायक बातों से बनता गया है। जिनके बारे में लोगों का कहना है कि वे अजीब हैं नहीं, बल्कि मैं उन्हें वैसा समझता हूँ और प्रचारित करता हूँ।

1

जब मैं घर से दफ्तर के लिए निकला, दस मिनट की देरी हो चुकी थी। कैश की चाबियाँ मेरे पास थीं। आधी दूरी तय करते ही देखा कि सड़क की दाईं तरफ एक आदमी गिरा हुआ है, उसकी साइकिल का अगला पहिया गोलाई खो चुका है और वह फ्रेम और पिछले पहिए से नामुमकिन-सा कोण बनाता हुआ पड़ा है। ट्रैफिक इतना बेसुध और तेज था कि उसे थामा नहीं जा सकता। यातायात के नियम, यातायात-सिपाही की सीटी-भरी उपस्थिति बेमानी हो चुके हैं। पास में एक चट्टान है जो एक तरफ से उड़ान भरने को आतुर चिड़िया की तरह दिखती है और दस कदम आगे बढ़कर देखो तो किसी थके-हारे बैल की तरह बैठी दिखाई देती है। इस चट्टान को देखने भर के लिए ही

यह ट्रैफिक रुक जाना चाहिए। लेकिन पिछले ग्यारह साल से मैं देख रहा हूँ कि ऐसा कभी हुआ नहीं। यह जानते हुए कि यह चट्टान कला-पूर्ण है, ठोस है और खालिस कत्थई रंग से अन्दर तक भरी हुई है, मैं एक कलाप्रेमी ही नहीं रुक पाया तो इन लोगों का क्या दोष, जिन्हें शायद पता ही नहीं कि यह चट्टान किसी मुमकिन चित्र के भीतर न होकर, यहाँ खुले में, नैसर्गिक दीर्घा में अपना जीवन पूरा कर रही है। इस चट्टान की परछाईं में, साइकिल सवार और खंडित साइकिल का दृश्य वह तात्कालिक वजह होनी चाहिए कि ट्रैफिक का कुछ हिस्सा रुक जाए। लेकिन कोई नहीं रुक रहा है। मैं रुक गया। यह सर्वाधिक अप्रत्याशित था। इसे वही आदमी ठीक-ठीक समझ सकेगा जो ध्यान दे कि मेरे पास कैश की चाबियाँ थीं और दस मिनट की देरी पहले से ही हो चुकी थी। यहाँ रुकने से और कितना समय जाया हो सकता था, उसका अनुमान लगाना भी कठिन था। यह तो आपको किस्सा सुनाते समय अब याद आ रहा है, उस समय तो मैं भूल ही गया था कि मेरे पास कैश की चाबियाँ हैं।

जब चारों तरफ अजीब घटनाएँ घट रही हों, उलट व्यवहार हो रहा हो और हम समझ ही न पाएँ कि यह सब अप्रत्याशित हो रहा है। दरअसल, समस्या यहीं से शुरू होती है। मेरे मोहल्ले की गली के आखिरी मकान में वर्मा जी रहते हैं, उनका दुबला-पतला लड़का जो माइनस चार के आसपास के लेंस पहनता है, हाँ वही जो पिछले साल एमबीए के लिए एक प्राइवेट कॉलेज में सिलेक्ट हो गया था। लेकिन वर्माजी दैनिक वेतनभोगी थे और हाल ही में बीस हजार लोगों के साथ, अचानक बेरोजगार हो गए थे, उसे कॉलेज में ऐडमिशन नहीं दिला सके। फीस के बारे में कुछ कहने से भी अधिक हिमाकत यह होगी कि शहर में रहने के मासिक खर्च का विवरण दिया जाए। अब वह लड़का यहीं के कॉलेज में बी.ए. का फॉर्म डालने के बाद ट्यूशनें पढ़ा रहा है।

लेकिन यह बताना मैं भूले जा रहा हूँ कि उस 'उड़ने का प्रयास करती चिड़िया और बैठे हुए श्लथ बैल की तरह दिखती' चट्टान की परछाईं में गिरी साइकिल के बगल में, पास जाकर देखा कि औंधे मुँह पड़े जिस आदमी के सिर से खून बह रहा था, वह आदमी वर्माजी थे। शायद आपको प्रत्याशित लगे कि वे मर चुके थे। लेकिन मैं बताना चाहता हूँ कि उस समय मुझे और बाद में उनके पूरे घर के लिए वह घटना घनघोर अप्रत्याशित थी। मैं तो इस कदर घबरा गया कि पसीने से पूरा भीग गया। इस दुर्घटना का सिरा नागरिकता, यातायात

की समस्या, तेज धूप, कॉलेज की बढ़ती फीस, साइकिल चलाते हुए भी बच्चों की चिन्ता करने या मुख्यमन्त्री से जोड़ना बेकार होगा। इतनी जनता, अनन्त ट्रैफिक, सरकार के बढ़ते खर्च, बेरोजगारी, हमारे देश पर दूसरे देशों से आते दबावों और ग्लोबल वॉर्मिंग के मद्देनजर यह एक प्रत्याशित घटना थी। लेकिन जैसा कहा जाने लगा है कि मैं हर प्रत्याशित चीज को अप्रत्याशित के खाते में और साधारण बातों को अजीब के खाते में डालने में पारंगत होता जा रहा हूँ।

2

कई बार तो याद न रखी जाने योग्य, गैर-महत्त्वपूर्ण बातें भी मुझे असाधारण और स्मरणीय लगती रही हैं। चाहे वे कितनी ही व्यक्तिगत हों, तब भी। जैसे वर्षों पहले की इसी बात को लें। ईसवी सन् से देखें तो 1976। पिताजी ने अपनी पैंट धोने के लिए दी। धोने से पहले, जेबों की तलाशी लेते वक्त मुझे एक जेब में पाँच नए पैसे का सिक्का मिला और दूसरी जेब में दो हरी मिर्च। सिक्का कुछ साँवला था और एक हरी मिर्च पूरी तरह लाल होने को थी। दूसरी मिर्च कुछ पीली होकर लालिमा ले रही थी। लाल हरी मिर्च पर बूढ़े आदमियों के हाथ की त्वचा की तरह झुर्रियाँ बनने लगी थीं। पिताजी कभी झोला लेकर सब्जी खरीदने नहीं जाते थे। उतनी सब्जी खरीदने के पैसे भी नहीं हुआ करते थे। चलते-चलाते नीबू, हरी मिर्च खरीदते थे। हरा धनिया यों ही मिल जाता था। कभी-कभी रूमाल में टमाटर। हरी मिर्च, नीबू वे पैंट की जेब में डाल लिया करते। उनकी पैंट में मिर्च मिलना साधारण बात थी।

इस बात को कुछ समय के बाद भूल जाना लाजिमी था। लेकिन पिछले साल जब मेरे चाचाजी के मरने से ठीक पहले, ताऊजी के कहने पर उनकी, बुखार के पसीने से भीगी, महँगी टेरीकॉट की कमीज उतारकर, उन्हें दूसरी कमीज पहनाकर खटिया से नीचे उतारा जाने लगा, तब उस कमीज को मैं बाथरूम में डालने गया। यकायक कमीज में से पाँच नए पैसे का सिक्का अपनी क्षीण, कम वजन की ऐल्योमिनिअम भरी आवाज में गिरा। उसके पास ही दो हरी मिर्चें भी गिरीं। जो इतनी बासी थीं कि सिकुड़कर छोटी हो गई थीं। पाँच नए पैसे का सिक्का अप्रासंगिक होकर भी नई सदी में चमक रहा था, टकसाल से अभी निकलकर आए सिक्के की तरह। उस पर 1976 उभरा हुआ

था। लेकिन मैं उन हरी मिर्चों की उम्र के बारे में कुछ नहीं कह सकता था। अजीब बात यह थी कि चाचाजी झोला लेकर सब्जी लेने जाते थे। यह बात किसी को नहीं बताई जा सकती थी। इसलिए आज यहाँ आपसे कह रहा हूँ। इस उम्मीद से कि किस्सों-कहानियों में अजीबो-गरीब बातों को लोग सुनने-सहने के कुछ हद तक आदी हो गए हैं। कभी-कभी कुछ मित्र पीठ पीछे कहते हैं कि मैं भूतों के अच्छे किस्से बना सकता हूँ। शायद वे अधिक विश्वसनीय साबित होंगे।

3

लेकिन मुझे परवाह नहीं। भूतों-चुड़ैलों में मेरा यकीन नहीं और अफवाह उड़ाने में मेरी कोई दिलचस्पी भी नहीं। हालाँकि, एक दिन फिर कुछ अजीब ही हुआ। दो पुलिसवाले चौराहे पर रोज दिखनेवाली एक पागल-सी महिला को पीट रहे थे। उसे सरेआम इतना पीटा कि वह भयानक दिखने लगी। उसके बाल जटाओं की तरह उलझकर फैल गए। गालों पर खून और आँसुओं की लकीरें बन गईं। वह विस्फारित आँखों से इधर-उधर देख रही थी। उसका ब्लाऊज एक तरफ से फट गया था। फिर उसने चीखना-चिल्लाना भी बन्द कर दिया। उसके गले से बस एक गुर्राहट निकलती थी। फिर मुँह से थूक और झाग निकलने लगा। वे दोनों उसे घसीटते हुए वैन में पटककर ले गए। दृश्य के आसपास जुट गई भीड़ को सम्बोधित करते हुए एक सिपाही ने कहा, ''यह चुड़ैल है।'' कुछ दिनों के लिए अम्माँ-बाबूजी यहाँ मेरे पास आए हुए थे। मैंने इस घटना का अम्माँ से शाम को विस्तार से जिक्र किया तो वह रोने लगी। बोली, ''मेरी एक बहन पागल थी, बचपन में ही घर से भाग गई थी।''

मैं जानता हूँ वह पागल औरत मेरी मौसी नहीं थी। मैंने अम्माँ को भी यह समझाने की असफल कोशिश की। फिर यह देखकर कि वह अपनी रौ में, मेरी बात ठीक से सुने बिना ही करुण दृश्य उपस्थित किए जा रही है, मैं बाबूजी को यह वाकया सुनाने चला गया। बाबूजी दिन भर अखबार पढ़ते हैं। उन्होंने अखबार से निगाह हटाये बिना कहा, ''इसमें अजीब या अप्रत्याशित क्या है और ध्यान देने लायक तो कुछ भी नहीं! लो यह अखबार देखो, ऐसी ही फालतू बातें रोज छपती हैं।'' फिर उन्होंने अपने जमाने के, पुलिस के और

ढीठ महिला अपराधियों के तीन–चार भयप्रद और चकित कर देनेवाले किस्से सुनाए। सुनकर मुझे लगा कि हाँ, इसमें कुछ भी तो अजीब नहीं। शायद मुझे ही कोई बीमारी हो गई है।

4

बीमारी का ख्याल जगदीश की वजह से आया। उसने ही सबसे पहले कहा था, ''तुम्हें कोई बीमारी हो गई है, इस बीमारी की वजह से तुम हर चीज में अप्रत्याशित खोज लेते हो।'' मैं जानता हूँ कि उसने मजाक में या यों ही नहीं बल्कि खूब सोच–समझकर कहा था। हम दोनों घूमने जा रहे थे। रास्ते में एक पार्क पड़ता था जिसके किनारे पर गेंदे की क्यारियाँ थीं, जिनमें छोटे–बड़े फूल खिले रहते। एक पौधे में काफी बड़े आकार के फूल आए। एक सुबह अचानक उन्हें पल्लवित देखकर मैं रुक गया, दो–तीन फूल तोड़े, उन्हें देर तक देखा और कहा, ''देखो, ये गुलाब के फूल हैं। यह कितना अप्रत्याशित है कि गेंदे के पौधे में गुलाब के फूल आए।''

''तुम भी विचित्र बातें करते हो।'' उसने लापरवाही से कहा।

''इसमें विचित्र क्या है?'' फूल को सूँघते हुए मैंने किंचित रोष प्रकट किया।

हमारे बीच बहस होने लगी। मैंने जोर देकर कहा, ''देखो, इसकी पंखुड़ियों का विन्यास देखो। इसके खिलने का ढंग देखो। इसका हलका पीला रंग देखो, जो पीले गुलाब का ही हो सकता है। और तो और, इसे सूँघो, इसमें से गुलाब की भीनी–भीनी खुशबू आ रही है।'' मेरे इतने सारे प्रमाणों के आगे वह हताश होकर बोला, ''ऐसा हो नहीं सकता, तुम जानते हो, बेकार की बहस कर रहे हो।''

''ऐसा ही अक्सर होता रहा है। मनुष्यों के जीवन में भी। मैंने अनेक गुलाब ऐसे देखे हैं, जिनमें गेंदे के, गुड़हल के या बेशरम के फूल हुए। तुम भी याद करोगे तो ऐसी घटनाएँ याद आ जाएँगी। अब इसमें गेंदे के पौधे का क्या वश कि उसमें गुलाब लगे। यह उतनी बुरी या अविश्वसनीय बात भी नहीं कि तुम जैसा पढ़ा–लिखा, विचारशील आदमी यकीन न करे। अब वे दिन हवा हुए कि बबूल बोओगे तो बबूल और आम बोओगे तो आम मिलेगा।''

वह चुप रहा।

उसी रात करीब ग्यारह बजे, जब मैं बिस्तर में था और सोच रहा था कि आज खूब निश्चिन्तता से सोऊँगा, जगदीश घर आया। उसने मुझे बाहर दरवाजे पर बुलाकर संक्षिप्त सूचना दी कि वह सोच-विचारकर इस निर्णय पर पहुँचा है कि मुझे वाकई कोई अजीब बीमारी हो गई है। वह चिन्तित है और कल सुबह अपने मित्र डॉक्टर से बात करेगा। मैंने कहा, "मुझे कोई बीमारी नहीं है। न ही मुझे किसी डॉक्टर के पास जाना है। तुम जाओ, अभी मुझे नींद आ रही है।"

लेकिन मुझे रात भर नींद नहीं आई जबकि मैंने सोचा था कि जी भर सोऊँगा।

क्षेपक

अनेक बातें और भी हैं जो मेरी समस्या को बेहतर तरीके से आपके सामने रख सकती हैं लेकिन उनसे कुछ सिद्ध नहीं किया जा सकता। उन बातों की, घटनाओं की सीमा यह है कि कोई भी उन्हें अपने ढंग से व्याख्यायित कर सकता है। यही नहीं हर आदमी अपने पक्ष में उनका इस्तेमाल भी कर लेता है। आप देख ही रहे होंगे कि पिछले दिनों जो तेईस लोग एक साथ मार डाले गए थे, उस हत्याकांड को सन्त दयारामजी ने, फिर डी.जी.पी. महोदय ने, फिर सम्पादक ने अपने सम्पादकीय में, फिर गृहमन्त्री ने और आखिर में अमेरिका ने ही नहीं, महाशक्ति बनने जा रहे चीन ने भी अपनी-अपनी व्याख्या में इस तरह बताया कि एक क्षण के लिए लगा, ये हत्याएँ ठीक ही हुई हैं, देशभक्त पार्टी अध्यक्ष ने तो यहाँ तक कह दिया कि दरअसल, ये आत्महत्याएँ हैं जबकि मैं सोच रहा था कि गरीबों की हत्याओं को लोग कम-से-कम हत्याएँ तो कहेंगे ही। सुधा कहती है कि यह सब चलता रहता है। किसने क्या कहा, क्या समझा, तुम्हें इतना माथा खपाने की जरूरत क्या है! लोग मर गए, बात खत्म हो गई। अब तुम खाओ-पीओ और मस्त रहो।

मगर लगता है तुम्हारा ही दिमाग ठीक नहीं है।

इससे मेरी मुसीबत और बढ़ गई है कि मैं आपको क्या-क्या बताऊँ और कैसे? लेकिन चलिए, कोशिश जारी रखता हूँ।

5

हाल के दिनों की बात है। नई सदी की शुरुआत हो चुकी थी। जीवन वैसा ही था, जैसा पिछली सदी में। केवल अप्रत्याशित घटनाएँ अधिक होने लगी थीं। मैं अप्रत्याशित के जाल में फँसता ही जा रहा था। हमारे विभाग में भी वी.आर.एस.—स्वैच्छिक सेवा-निवृत्ति योजना—आ गई। लोगों ने कहा कि बहुत अच्छी योजना है। यह प्रत्याशित थी। पाँच साल की तनख्वाह ले लो और रिटायर हो जाओ। पैंशन भी चालू। जिनकी बीवियाँ नौकरी में थीं, वे उछल पड़े। जिन्होंने दो-चार एकड़ जमीन खरीद ली थी, वे झूमकर चलने लगे। उधर यूनियन ने इसका विरोध शुरू किया और अपने सभी कर्मचारियों को बताया कि इस योजना का लाभ लेना, अन्ततः नुकसानदायक होगा। परिपत्र निकाले, प्रेस नोट छपवाए, पर्चे बाँटे, रैलियाँ निकालीं। बताया कि यह छँटनी है। यह अधेड़ावस्था की बेरोजगारी है, जो युवावस्था की बेरोजगारी से ज्यादा घातक होती है। असहाय कर देनेवाली। सीधी-सच्ची बात थी, सीधा-साधा गणित। पुराना मुहावरा भी था कि मुर्गी मत काटिए, अंडे लीजिए। बात एकदम समझ में आती थी। मुझे निश्चित तौर पर लगने लगा कि अब भला कोई कर्मचारी रिटायरमेंट क्यों लेगा। लेकन शायद मेरी सोचने-समझने की शक्ति पर भी बीमारी का असर होने लगा था। मैंने देखा कि हजारों लोगों ने वी.आर. के लिए आवेदन दिए। जिनके बच्चे छोटे-छोटे थे, जिनकी पत्नियाँ ठीक से पढ़ना-लिखना भी नहीं जानती थीं, जिनकी बहनों की शादी अभी होनी थी, जिनके माँ-बाप बीमार थे, जो पूरे आनन्द के साथ दफ्तर में थोड़ा-बहुत काम कर रहे थे, जिन्हें कोई परेशानी न थी और जो कभी समय पर ऑफिस न आते थे, जिनमें कोई अतिरिक्त योग्यता नहीं थी, यहाँ तक कि दस्तकारी या पटिये में कील ठोकने का काम भी नहीं जानते थे, सबमें सेवा-निवृत्ति लेने की होड़ लग गई। स्वैच्छिक सेवा-निवृत्ति देनी थी सौ लोगों को तो आवेदन आए हजार के। मुझे मेरी अप्रत्याशित की बीमारी ने मति-मन्द कर दिया था।

इतने आवेदनों की खबर से मुझे अहसास हुआ कि मेरा पहले का आकलन गलत था। लगा कि सचमुच यह एक मौका था जिसका लाभ उचित ही लिया जा रहा था। सोचा, चलो ठीक है, इनके दुख दूर हो जाएँगे। विदा लेते लोगों के सामने एक स्वर्णिम, शेष जीवन को आश्वस्त करता हुआ, पैंतीस-चालीस

लाख रुपयों से दमदमाता भविष्य था। एक नया राग और वाद्य उनमें बज रहा था, जिसके स्वर बाहर तक सुनाई देते थे।

लेकिन सबसे ज्यादा अप्रत्याशित यह हुआ कि अभी कुल तीन साल हुए हैं, स्वैच्छिक सेवा-निवृत्ति लिये जितने भी साथी मिलते हैं, वे अपने दुखों की कहानियाँ सुनाने लगते हैं। कुछ तो एकदम बूढ़े हो गए हैं। जो ज्यादा बूढ़े दिखते हैं, वे बताते हैं उनके पैसे खत्म हो चुके हैं। कई लोगों के पैसे शेयर बाजार में डूब गए। कुछ लोग उदास हो जाते हैं, कहते हैं कि जमा राशियों पर बैंकों में ब्याज इतना कम हो गया है कि समझ नहीं आता कि आखिर क्या किया जाए। अनेक लोगों के पैसे बेटों ने हड़प लिये। यह सब एक बार फिर मेरे लिए अप्रत्याशित है। लगता है मेरा दिमाग काम करना बन्द कर देगा। सत्येन्द्र कहता है, जब तुमने रिटाइरमेंट नहीं लिया तो तुम क्यों दिमाग खपाते हो। अपना काम करो और खुश रहो। लेकिन मुझे कुछ गड़बड़ दिखती है। अफसोस, सत्येन्द्र भी इसे मेरी बीमारी का हिस्सा मानता है।

जबकि मैं उसे बता चुका हूँ कि यूनियन के तेरह पदाधिकारियों ने भी वी. आर. लिया था।

6

मैं इन बातों को भूल रहा था और मजे में जीवन जीने की, सच्चे हृदय से कोशिश कर रहा था। यह पिछले शनिवार की सुबह की बात है। रात के खाने के लिए आमन्त्रित करते हुए मेरे एक रिश्तेदार का फोन आया। उन्होंने बहुत इसरार किया कि कुछ खुशी का मौका है, आना ही होगा। पारिवारिक गैट-टुगैदर है। सुधा को बताया तो उसने टिंडे काटते हुए कहा, "चलो, आपकी बहन के रिश्तेदार भी हैं। बड़े आदमी हैं, बुलाया है तो चलना ही चाहिए।" हमने सोचा कि जरूर विवाह की वर्षगाँठ होगी। उस दिन मैं दफ्तर से जल्दी घर लौट आया। मैं उत्सुक और खुश था। रात को जब हम बुके लेकर उनके घर पहुँचे तो सड़क पर ही एक विशाल शामियाना लगा था और पार्टी अपनी युवावस्था में थी।

सब तरफ प्रसन्नता, तेज रोशनी और संगीत था। संगीत कर्णप्रिय नहीं था मगर मौज-मस्ती और हंगामे की सूचना देता हुआ लगता था। हमें देखकर वे

तेज कदमों से, मुस्कान बिखेरते आए। बुके लेते हुए अनपेक्षित रूप से उन्होंने लगभग गले ही लगा लिया। फिर एक कोने में ले जाकर, बिना कुछ पूछे ही बताने लगे, ''देखिए चार साल से हम इस बात को दिल में रखने के लिए मजबूर थे। मेरा बेटा, अपना संजय, सस्पैंड हो गया था।'' उन्होंने गमगीन होते हुए कहा, ''मामला, हाईकोर्ट तक पहुँच गया था।'' लेकिन अगले क्षण ही खुश होकर बोले, ''उस केस में वह बरी हो गया है। बेदाग। आप लोग आए, अच्छा लगा। प्लीज, डिनर कीजिए।''

''यह कैसे हो गया था?'' मैं यकायक कुछ समझ नहीं पाया।

''क्या बताएँ साहब, रिश्वत का मामला बना दिया था।'' कहते हुए उन्होंने बच्चों के बारे में पूछा। शिकायत भी की कि उन्हें लेकर आना था। इसी बीच किसी को आता देख वे उस तरफ चले गए। उनके जाते ही, पास में खड़े सज्जन से बातें होने लगीं। वे ऐडवोकेट थे। खासे दिलचस्प अन्दाज में बातें करते थे। मैंने आधी खाई प्लेट नीचे रखते हुए कहा, ''देखिए जनाब क्या जमाना आ गया है। लोग रिश्वत के मामले में बच निकलने की पार्टी देते हैं।'' वे हँसने लगे, ''आप किस जमाने में जी रहे हैं भाई? अभी कल ही होटल रेजिडेन्सी में, बलात्कार के केस में साफ छूट जाने की ग्रैण्ड पार्टी थी। एक दूसरे सज्जन ने इसी सिलसिले में दस दिन पहले अखंड पाठ कराया था और वृन्दावन गार्डन में रात भर पार्टी चली थी। पिछले बरस, जेल से दो साल जल्दी छूटने पर पूर्व विधायक महोदय ने हनुमान टेकरी पर भंडारा किया था। यह तो कॉमन है आजकल।''

मुझे खामोश और हतप्रभ देखकर वे जोर से हँसने लगे। सुधा की तरफ उन्मुख होकर बोले, ''इन्हें बताइए, आर्चीज गैलरी में तो ऐसे अवसरों के लिए ग्रीटिंग-कार्ड भी मिलने लगे हैं।'' वे निश्चल और गुंजायमान हँस रहे थे। मैं सचमुच अवाक् हो गया। लौटते में सुधा ने कहा, ''जो बरी हुआ, उसके लिए तो खुशी की ही बात है। दूसरा जीवन मिलने की तरह। लगता है, तुम हर बात उलटे ढंग से सोचने लगे हो। आजकल लोग झूठे मामलों में भी फँसा देते हैं।''

घर आकर मुझे वमन हुआ। बुखार-सा लगा। सुधा ने कहा, ''तुम्हारा मन ठीक नहीं रहता है।''

''नहीं, मेरा पेट खराब है। मुझे पॉयजनिंग हुआ है। फूड पॉयजनिंग।''

मैं सो गया।

7

एकाध महीने से मेरे सिर में लगातार दर्द रहने लगा था। कभी-कभी आँखों के आगे अँधेरा छा जाता। मुझे आस-पास रखी किसी ठोस चीज, पेड़, खम्भे, दीवार या फिर पास खड़े किसी आदमी का सहारा लेना पड़ता। सुधा धूप में निकलने के लिए, स्कूटर चलाने के लिए बार-बार मना करती। फिर भी मुझे ये दोनों हिदायतें तोड़नी पड़तीं और अक्सर उसके बताए कामों को निबटाने के लिए ही। लोग अजीब निगाहों से देखते। कोई नई बात, नया अनुभव मैं किसी को बताने में डरने लगा था। किसी छोटी-सी घटना, खबर या तबला-वादन पर भी मैं अपनी राय प्रकट करता तो सुननेवाला अप्रत्याशित रूप से एक बखेड़ा ही खड़ा कर देता। कभी अपनी बेधक निगाह से, चुप्पी से, कुटिल मुस्कराहट से या फिर अनन्त किस्म की बहस से।

सुधा से कुछ अपेक्षा कर सकता था। पिछले पाँच-छः दिनों से मोहल्ले के नल नहीं आ रहे थे। मैंने उसे पिछले शुक्रवार, सुबह चाय पीते हुए बताया कि रात में दो बार नल आए। पहली बार कोई डेढ़ बजे और फिर तीन बजे। वह हँसने लगी। मुझे बड़ा गुस्सा आया, मैंने उसे बाल्टी लाकर दिखाई जो आधी भरी थी। उसने कहा, "यह तो मैं कल शाम को पड़ोसी के हैंडपम्प से भरकर लाई थी।" मैं चुप हो गया। मैं जानता था कि रात में दो बार नल आए थे। फुफकारते हुए-से। पानी की धार गिरने की आवाज भी आई थी। सुधा मेरी तरफ कुछ चिन्तित निगाह से देखती रही। अखबार पढ़ते हुए मैं चौंका। नगरीय पृष्ठ पर छठे दिन भी नल न आने से पैदा हुई परेशानियों की खबरें थीं और खाली मटके लेकर आन्दोलन करती महिलाओं की तसवीर भी। उसमें एक महिला मुस्करा रही थी जैसे उसके घर में भी रात को नल आए हों।

सुधा फोन पर मेरे बड़े साले से कह रही थी कि उनकी बीमारी बढ़ती जा रही है। मैंने बाद में उसे डाँटा कि तुम क्या फिजूल बात करती हो। मुझे ठीक तरह प्यास लगती है। भरपूर नींद आती है, इतनी कि पेशाब करने भी बमुश्किल उठता हूँ। मेरा हाजमा जरूर बचपन से ही खराब है लेकिन पैंतालीस के पार होकर भी मेरी आँखों पर चश्मा नहीं है। याददाश्त ठीक है। सत्रह-अठारह तक के पहाड़े अभी भी याद हैं। सूर्योदय देखकर या सामने लगे विद्या के झाड़ को

निहारकर प्रसन्न होता हूँ। तुम्हें देखकर रीझता हूँ, जहाँ जरूरी लगता है झगड़ता हूँ। पिछले साल खून की जाँच और ईसीजी रिपोर्ट ठीक थी। बस, मुझे कुछ कमजोरी आ गई है। मेरी राय कुछ मामलों में अलग होती है लेकिन मैं कोई मनोरोगी नहीं हूँ। तुम सब मिलकर चाहते क्या हो? पागल हो जाऊँ? सुधा चुपचाप सुनती रही। उसने कोई प्रतिवाद भी नहीं किया।

आखिर एक सुबह, मेरे साले साहब मिलिन्दजी और सुधा मुझे अस्पताल ले जाने की जिद करने लगे। मेरे विरोध की भंगिमा देखकर सुधा रोने लगी। बोली, ''देखिए, भैया डॉक्टर से समय ले आए हैं, आप चलिए तो सही।'' कुछ सोचकर मुझे लगा कि झंझट खत्म करने के लिए यही ठीक है। इनकी तसल्ली हो जाएगी और कोई छोटी-मोटी बीमारी हुई तो पता लगने में क्या हर्ज है! नहीं तो ये सब मिलकर मुझे भी सन्देह में डालते रहेंगे। यों भी, जनरल चेकअप को साल भर होने आया। चलो, एक छुट्टी का दिन इसी तरह बिताया जाए। कई तरह की पिकनिक होती हैं। आज इसी तरह की सही।

चार-पाँच घंटों में कई तरह की जाँचें हुईं। बाद में सुधा और मिलिन्दजी डॉक्टर से काफी देर बात करते रहे। मैं पास के इंडियन कॉफी हाऊस में इडली खाने चला गया। घर वापस आते हुए मिलिन्दजी, अप्रत्याशित रूप से अपनी बहन को सान्त्वना देने लगे। फिर मुझसे बोले, ''डॉक्टर ने कहा है ज्यादा चिन्ता की बात नहीं। बीमारी शायद दूसरी स्टेज में पहुँच गई है, मेलिग्नेंट है लेकिन बिलकुल ठीक हो जाएगी। बस, सिर काट देना होगा। घबराओ नहीं, कुछ नहीं होगा, सिक्युर ऑपरेशन है। यह डॉक्टर बहुत अच्छा है, इस तरह के दर्जनों ऑपरेशन कर चुका है। मैडिकल साइंस ने बहुत तरक्की की है। देखने-सुनने-समझने के लिए सैनसरी सर्किट्स लग जाते हैं। एक चिप में सब कुछ।''

मैं कुछ देर के लिए सन्न रह गया। धीरे-धीरे मैंने हिम्मत बटोरी। ऑटो के बाहर दुनिया को एक बार फिर उत्सुक, उमंग भरी निगाह से देखा। बाहर पैदल लोग, ठेलेवाले, रिक्शे, तालाब, शोर, संगीत, पेड़, सड़क और धूप थी। सुधा ने मेरा हाथ, अपने हाथ में ले लिया। फिर मुझे कुछ उदाहरण याद आने लगे। पड़ोस में एक लड़का है, उसका दायाँ हाथ दस साल पहले काट दिया गया था। मेरे फूफाजी का तो पूरा पाँव काटना पड़ा। बलरामपुरवाले सरपंच की एक किडनी निकाले हुए चार साल हो गए। एक आदमी के सीने में हृदय की जगह मशीन है। पिछले साल संसार के जो परम विकलांग, महान वैज्ञानिक

यहाँ आए थे, उनका जीवन भी तो चल रहा है। किसी का कोई एक हिस्सा नहीं है, किसी का कोई दूसरा। अंग चले जाने से क्या, जान तो बच जाएगी।

''कल तुम पी.एफ. से एडवांस लेने के लिए एप्लीकेशन भेज देना। मेडिकल रीइम्बर्समैंट भी हो जाएगा।'' कुछ सोचते हुए मिलिन्दजी ने याद दिलाया। रीइम्बर्समैंट की बात से मुझे तसल्ली हुई। सुधा के चेहरे पर भी राहत दिखी। मैंने पत्नी से कहा, ''सुधा, अभी बाबूजी और अम्माँ को कुछ मत बताना। बेकार चिन्ता करेंगे।''

सनक

सिक्युरिटी गार्ड को कई बार समझाया है कि सेल्समैन को कार्यालय में अन्दर मत आने दिया करो। लेकिन सेल्समैन को भी नए-नए तरीके आते हैं। कभी कह देते हैं कि वे सेल्समैन नहीं हैं और उन्हें अन्दर निजी काम से या दफ्तर के किसी काम से जाना है। या कहते हैं कि आपके साहब ने ही बुलाया है। लेकिन इस सेल्समैन ने जो अब मेरे सामने बैठा है, गार्ड से कतई झूठ नहीं बोला और कहा कि वह अन्दर साहब को कुछ नायाब चीजें दिखाना चाहता है। एक बार साहब से जाकर पूछ लें। सम्भवत: उसके किसी तौर-तरीके से प्रभावित होकर, गार्ड मेरे पास आया और बोला कि कोई सेल्समैन है जो बता नहीं रहा है कि वह क्या बेचेगा लेकिन कहता है कि कुछ अलग तरह की चीजें उसके पास हैं। वह दस मिनट का वक्त चाहता है। आप कहें तो भेज दूँ। मेरे पास थोड़ा समय था और मैं कुछ हल्के-फुल्के मूड में था इसलिए मैंने कहा, ''चलो, भेज दो।''

उसकी उम्र पचास के आसपास थी। उसकी आँखों में चमक थी। लेकिन ध्यान से देखने पर पता लगता था कि उसमें कोई उदासी शामिल थी। उम्मीद और उत्सुकता भी बीच-बीच में झाँकती थी। निकला हुआ कद और मजबूत बनावट। सिर के आगे से वह गंजा हो चला था लेकिन बाकी बाल घने थे, ज्यादातर काले। वह इत्मीनान से मेरे सामने आकर इजाजत लेकर बैठा और झिझकते हुए पूछा कि क्या पीने के लिए पानी मिल सकेगा। मैंने अपने पास रखे जग से उसे एक गिलास पानी दिया। उसने पुराने ढंग के आदर-भाव से मेरा शुक्रिया अदा किया। फिर अपने भूरे, भारी-भरकम बैग में से एक मोटी पुस्तक मेरे सामने रखते हुए बोला कि यह शब्दकोश मुफ्त है, यदि आप यह सेट लें। कहते-कहते जादुई तरीके से उसने एक विश्वकोश के दस खंड निकाले। ''इनकी शामिल कीमत दो हजार रुपये है लेकिन अभी यह सब सात

सौ रुपये में।'' मुझे खीझ हो आई। मैं आशा करता था कि यह आदमी वाकई कोई विशेष चीज लाया होगा। मैंने कुछ अनमने भाव से कहा, ''यह सब तो अभी दो दिन पहले एक सेल्समैन मुझे आठ सौ रुपये में दे गया है। हालाँकि आप एक सौ रुपये कम माँग रहे हैं। मगर मैं सौ रुपये ज्यादा में यह खरीद चुका हूँ।'' सुनकर उसके चेहरे पर पस्ती का भाव आ गया। आँखें मिचमिचाते हुए वह बोला, बल्कि लगभग बुदबुदाया, ''मेरे साथ अक्सर ऐसा होता है। आसपास हमेशा ही कोई होता है जो मुझसे एक-दो दिन आगे चलता है। मैं कितनी भी जल्दी करूँ, तब भी कोई न कोई मुझसे एक-दो घंटे आगे रहता है।'' उसकी उद्दाम निराशा और इन वाक्यों ने मेरे मन में उसके प्रति सहानुभूति भर दी। मैंने बिना उसके माँगे ही, जग से एक गिलास पानी और पेश किया। उसने कृतज्ञतापूर्वक पानी पिया और कुर्सी से अपनी पीठ टिका दी। जैसे थक गया हो। उसके पास जल्दबाजी नहीं थी।

''क्या आप जानते हैं, मैं यह सब नहीं बेचना चाहता, जो दूसरे लोग बेचते हैं। मजबूरी में ऐसा करता हूँ।'' उसने इत्मीनान से लेकिन दुखी स्वर में कहा। जैसे विश्वकोश मुझे न बेच पाने पर अफसोस कर रहा हो।

मैंने पूछा, ''फिर आप क्या बेचना चाहते हैं?''

''आपके पास वक्त हो तो मैं कुछ और चीजें बताऊँ?''

''जरूर।'' मुझे दिलचस्पी हुई। शायद वह आदमी इतनी ताकत रखता था। उसने बैग से कोहनी तक हाथ डालकर एक पोटली निकाली। आहिस्ता से टेबल पर जगह बनाकर उस पोटली को खोला। काले-लाल, छोटे-छोटे बीज थे। बहुत छोटे कैप्स्यूल्स की तरह। ''आप जानते हैं, ये क्या हैं?'' उसने पूछा। अब उसमें आत्मविश्वास वापस आ गया था। मैंने उन बीजों को ध्यान से देखा और इनकार में अपना सिर हिलाया।

''ये रत्तियाँ हैं। रत्ती-माशा वाली रत्तियाँ। सही वजन करने के लिए सबसे पुराने बाट। हर रत्ती का वजन एक-सा होता है।''

''मैं भला इनका क्या करूँगा। बल्कि कोई भी इनका क्या करेगा।''

''मेरे पास अपनी ईजाद की हुई छोटी-सी तराजू भी है। जो इन रत्तियों से सही वजन करने के लिए बहुत उम्दा है।'' मुझे चुप देखकर फिर कहने लगा, ''मैं शब्दकोश, गलीचे, टूथब्रश या छोटी-मोटी मशीनें नहीं बेचना चाहता। उन्हें हजारों-लाखों लोग बेच ही रहे हैं। जैसा कि मैंने आपसे कहा था, मजबूरी में मुझे

ये चीजें बेचनी पड़ती हैं। दिन में एकाध ग्राहक इन चीजों का मिल जाता है और उससे मेरी रोटी का खर्च निकल आता है। हालाँकि मुझे खुशी नहीं होती। हाँ, यदि रत्तियाँ बिक जाती हैं तो मुझे सच्ची प्रसन्नता होती है। कोई महीने भर पहले एक भले आदमी ने कुछ रत्तियाँ खरीदी थीं। रत्तियाँ बिकती रहें तो मैं खुशी-खुशी ये दूसरी तरह की चीजें भी बेचता रह सकता हूँ। फिलहाल, मेरा खास उद्देश्य रत्ती बेचना ही है। उसी में मुझे सन्तोष होता है।'' मैं उसकी अनोखी बातें सुन रहा था और मुस्करा रहा था। सम्भवत: मेरी मुस्कराहट से प्रेरित होकर उसने कहना जारी रखा, ''आप सही कहते हैं, इनका कोई क्या करेगा। आज के जमाने में तो ये किसी को काम की ही नहीं लगतीं। मगर मैं दरख्वास्त करना चाहता हूँ कि आज जबकि हर बाट, हर वजन, हर तौल अविश्वसनीय है। एक ही तरह की चीजों का, एक से चेहरों का, एक जैसी प्रजातियों का वजन भी एक समान नहीं है, तब ये रत्तियाँ कुछ तसल्ली दे सकती हैं।''

साँस लेकर उसने अपनी बात जारी रखी, ''सबसे पहले तो आपको यह विचार ही इत्मीनान से भर देगा कि आपके पास एक तरह की कुछ ऐसी चीजें भी हैं जो रंग-रूप में चटख हैं, सुन्दर हैं और अपने वजन में बराबर। आप आँख बन्द करके कोई भी रत्ती उठा लीजिए। दूसरे, जबकि आपके आस-पास सब चीजें बनावटी हैं, ये कुदरती हैं। फिर इनसे आप उन चीजों को तौल सकते हैं जो छोटी-मोटी हैं लेकिन जिन्हें सही वजन की दरकार है। जैसे, आप बुरा न मानें, लेकिन एक खास उम्र के बाद आदमी को नमक तौलकर खाना चाहिए ताकि नमक ज्यादा खाने में न आए। यदि आप आयुर्वेदिक दवाएँ प्रयोग में लाते हैं तो भस्मों को तौलने के लिए रत्ती से बेहतर कुछ नहीं मिलेगा। घर में रत्ती होना नियामत है और गहरे भरोसे की बात है। टूटा-फूटा पुराना सोना भी आप इससे तौल सकते हैं। दूसरों की बेईमानी और ईमानदारी सही तरीके से रत्तियों से ही तौली जा सकती है। जो आदमी तौल में एक रत्ती की बेईमानी कर सकता है, आप जान लें, मौका पड़ने पर वह एक करोड़ रुपये की बेईमानी करने से नहीं चूकेगा। रत्तियाँ घर में हों तो आपको इसका अन्दाजा लगाने में मदद मिल सकती है।''

''लेकिन मुझे रत्तियों की बिलकुल जरूरत नहीं है।'' मैंने दृढ़ता से कहा। उसकी विचित्र बातें भी मेरी समझ में नहीं आ रही थीं। मेरा जवाब सुनकर उसके चेहरे पर उदासी छाने लगी। वह निढाल-सा हो गया। उसका दिल रखने के लिए मैंने पूछा कि वह इन रत्तियों को किस भाव से देगा।

वह चिहुँक उठा। "बहुत सस्ते में। यह मेरे मन को खुश करने की बात है। इसे मेरा व्यवसाय न समझें। जो ठीक लगे, दे दें।" मुझे लगा कि न जाने कितने पैसे माँग ले इसलिए मैंने जोर देकर कहा, "पहले भाव बताइए।"

"आपको जो ठीक लगे वही दें, दस-बीस रुपये से लेकर जितना देना चाहें।" उसने अपनी बात को जैसे दोहराया। फिर कुछ रत्तियाँ गिनते हुए एक छोटी-सी डिबिया में रखकर मेरी तरफ बढ़ाई, "ये 120 रत्तियाँ हैं। इनसे आप 15 माशे तक का तौल कर सकते हैं। और सवा तोले तक का वजन भी। आपके घर के लिए इतनी रत्तियाँ काफी होंगी। यह तराजू भी आप रखें। इसे मैंने काँसे से बनवाया है।" मुझे एक रत्ती भी नहीं चाहिए थी। अब मैं उसका मन रखने के लिए उन्हें लेने को तैयार था। मैंने रत्तियों और तराजू को रखते हुए कुछ सोचकर उसे पचास रुपये दिये। उसने तत्परता से रुपये लिये और बोला, "ठीक है। हालाँकि इनसे तराजू की कीमत भी नहीं निकलती। लेकिन यह क्या कम है कि आपने रत्तियों को खरीदा।" मैंने कुछ सोचकर उसे चालीस रुपये और दिये, जो उसने कुछ झिझकते हुए रख लिये। फिर मैंने पूछा कि क्या वह चाय पीएगा। उसने कहा, "जरूर। अगर काली चाय मिल जाए तो।" मैंने कैंटीन में फोन करके दो काली चाय लाने को कहा। मुझे उस आदमी में कुछ दिलचस्पी हो गई थी। मैंने सोचा, चाय पिलाने के बहाने इससे कुछ और बातें करूँ।

"क्या बताना पसन्द करेंगे कि गुजरे जमाने की चीजें, जिनका वास्तव में आज कोई उपयोग नहीं रह गया है, आप यह सब क्यों बेचते हैं। इनसे तो कोई आमदनी भी नहीं होती होगी।"

"सही कहा आपने। इनसे मुझे सचमुच कोई आय नहीं होती। बल्कि मैं इस सनक में बरबाद हो गया। मगर यह सब मेरे मन का काम है। आप अपने मन का कोई भी काम करें, बरबाद तो हो ही जाएँगे। यदि आप बरबाद नहीं हो रहे हैं तो सच मानिए कि आप अपने मन का काम कर ही नहीं रहे हैं।" नाक खुजलाते हुए उसने कुछ अन्तराल पैदा किया। "आदमी अपनी सनक के कारण ही कुछ करता रहता है। उसमें सनक न हो तो वह जानवर जैसा हो जाएगा और बेहद एक-सी, उबाऊ जिन्दगी जिएगा। जैसा कि आप अपने आस-पास देख ही रहे होंगे। मैंने अपनी जवानी में ही तय कर लिया था कि मैं वे चीजें बेचूँगा जो आदमी की तरक्की की पहचान रही हैं और आज भी जिनका, हमारे कुछ हिस्सों में बचा रहना ठीक होगा। वे इस पीढ़ी में रहेंगी तो अगली पीढ़ियों तक भी जा सकेंगी।"

''लेकिन यह तो पिछड़ा हुआ, रूमानी-सा ख्याल है।'' मैंने अपनी राय बताई।

उसने चाय का लम्बा घूँट लिया।

''माफ करें, अन्य जैविक चीजों की तरह वस्तुओं की, विचारों की भी आनुवांशिकी होती है। इनकी रक्षा की जानी चाहिए। यह कोई पुरातत्त्वीय मामला नहीं है। यह मनुष्य से, उसके पराक्रम से, उसकी असफलताओं और उसके आविष्कारों से, अनुसन्धानों से, अनुभवों से जुड़ा सीधा मामला है। जाहिर है कि यह प्रकृति से भी जुड़ाव है। अभी पिछले कुछ सालों तक मैंने खड़े नमक को बेचने का काम किया था। इसकी अपनी कानूनी दिक्कतें थीं और सामाजिक मुश्किलें भी। नहीं, मैं कोई आन्दोलनकारी नहीं हूँ। बस, मुझे जो अच्छा लगता है, वही करने लगता हूँ। लेकिन इन कामों में मुझे घाटा होता रहा है। रोजी-रोटी का इन्तजाम हो सके, इसलिए इधर मैंने विश्वकोश, थिसॉरस वगैरह बेचने का काम भी शुरू कर दिया है। यह सोचकर कि शब्द सम्पदा भी बची रहनी चाहिए। हालाँकि इसको लेकर मैं बहुत आशान्वित नहीं हूँ मगर इससे गुजर-बसर लायक खर्च निकल आता है।''

''ये रत्तियों का काम कब से कर रहे हैं?'' मैंने पूछा।

उसने कप से आखिरी घूँट लेकर कहा, ''कोई तीन साल से। करीब डेढ़-दो सौ लोगों को मैंने रत्तियाँ बेच दी हैं। मैं लगातार कुछ नया काम करता रहता हूँ। समझ लो कि मुझे यही सनक है। जैसे मौसम आने पर मैं गुलमोहर और नीम के पौधे बेचता हूँ। बचपन में काँसे के कटोरे में ज्वार की बासी रोटियों को दूध में मीसकर खाता था। उसका स्वाद अभी तक जुबान पर है। सोचा कि काँसे के कटोरे घरों में से एकदम खत्म हो जाएँगे तो नई पीढ़ी तक यह स्वाद कैसे पहुँचेगा। इसलिए पहले कुछ सालों तक मैंने काँसे के कटोरे बेचे थे। अब कुछ नया काम करना चाहता हूँ, कुछ नई चीजें।'' वह किसी सोच में डूब गया। उसकी बातों से मैं कुछ हद तक उकता गया था लेकिन थोड़ा मजा भी आ रहा था।

''आपकी भाषा बहुत अच्छी है। आप कहाँ तक पढ़े-लिखे हैं?''

''पढ़ाई-लिखाई का अच्छी भाषा से कोई सम्बन्ध नहीं है। बल्कि उलटा ही है। अच्छी भाषा के लिए भी सनक चाहिए। और मुझमें वह काफी मात्रा में है।'' उसने मुस्कराते हुए कहा। मुझे उसका जवाब अच्छा लगा। उत्सुकतावश मैंने जानना चाहा कि अब वह क्या व्यवसाय करेगा।

"मैंने पिछले सालों में कविताओं की कुछ पंक्तियाँ इकट्ठा की हैं। अनेक दूसरी भाषाओं की भी हैं। उनका अनुवाद मैं नहीं कर सकता। मुझे लगता है कि उन्हें अपने मूल रूप में ही लोगों के पास जाना चाहिए। कविताओं का अनुवाद हो भी नहीं सकता। और फिर जिसे यह पाप-पुण्य करना हो करे, मैं तो मूल ही बेचूँगा। हैं, मेरे पास करीब ढाई-तीन हजार पंक्तियाँ हैं। आशा करता हूँ कि दो-तीन सौ ग्राहक मुझे मिल जाएँगे। आगे कुछ समय तक यह काम करूँगा।"

मेरा अच्छा-खासा मनोरंजन हो चुका था। अब ऊब होने लगी थी। पूरे नब्बे रुपये भी मैं उसके हवाले कर चुका था। रत्तियाँ फेंक दूँगा लेकिन तराजू ड्रॉइंग-रूम में रखूँगा। या यों ही तराजू के एक पलड़े में रत्तियाँ रख दूँगा। ऐंटीक की तरह दिखेगी। नब्बे रुपये में बुरा सौदा नहीं है, मैंने सोचा और नमस्कार करते हुए विदा देने के लिए हाथ बढ़ाया। उसने हाथ मिलाते हुए कहा, "आपने मुझे समय दिया। रत्तियाँ खरीदीं। इतनी बातचीत हुई। धन्यवाद। वैसे मैं बता दूँ कि इधर एक तालाब के किनारे मैंने जुगनू पालने का काम शुरू किया है। काव्य-पंक्तियों के पहले मैं जुगनू बेचना चाहता हूँ। अँधेरे में प्रकाश की उम्मीद जगाने का काम उनसे ज्यादा कौन कर सकता है।" मैं घबरा गया कि कहीं ये आदमी दो-चार दिन में जुगनू लेकर मेरे पास न आ जाए। लेकिन जैसे मेरी आशंका को ताड़कर, उसने मुस्कराते हुए कहा, "नहीं, आप नहीं चाहेंगे तो मैं जुगनू लेकर आपके पास नहीं आऊँगा, मैं तो बस, इतना बताना चाहता हूँ कि संसार में कई तरह के व्यवसाय हैं, जिन्हें कोई भी मेहनती आदमी करता रह सकता है।"

"बस, आदमी है तो उसमें सनक होनी चाहिए।" बाहर जाते हुए उसने पलटकर यह वाक्य जोड़ा।

उसके जाने के बाद न जाने क्यों मैं इस सोच में पड़ गया कि मेरे पास क्या सनक है! शायद ठीक ही है कि कोई सनक नहीं है। वरना अच्छा-खासा घर-परिवार और मजे की नौकरी छोड़कर मैं भी जुगनुओं की खेती कर रहा होता।

लेकिन कुछ ख्याल आदमी का पीछा नहीं छोड़ते।

संसार के आश्चर्य

(जो विस्मित नहीं हो सकते, वे अधूरे मनुष्य हैं।)

मुझे एक ही धुन थी। इस संसार के आश्चर्यजनक शहरों, इमारतों, बगीचों, मकबरों, समुद्रों, द्वीपों और जंगलों को मैं देखूँगा। घूमूँगा-फिरूँगा। कहते हैं मनुष्य जीवन एक बार ही मिलता है, मैं इसे यों ही इस कस्बे में पड़ा हुआ नहीं बिताऊँगा। कितनी चीजें हैं, जगहें हैं, विचित्रताएँ हैं, चमत्कार हैं। मैं उनका साक्षी बनूँगा। इसके लिए मैंने जान लगाकर पैसा कमाया। जितनी मेहनत कमाने में की, उससे कहीं अधिक बचाने में। तब भी कई जगहों की यात्रा मैं लोगों की दानशीलता, दया-भाव, सहयोग और उदारता के कारण ही कर सका। इस तरह मैंने अनेक आश्चर्यजनक शहरों, स्थलों और अनुभवों की यात्राएँ कीं। जितनी यात्राएँ करता गया, उतनी ही नई उत्सुकताओं ने मुझे घेर लिया। अब मैं बूढ़ा हो चला हूँ। हाल ही में की गई यात्राओं के अनुभव बताते हैं कि यात्रियों को मिलनेवाला वह प्रेम, अभिनन्दन और सहायता भी दुर्लभ हो गई है जो यात्रियों का विश्वास और उत्साह बनाए रखती थी। महान और कठिन दूरियाँ अब भी आकर्षित करती हैं लेकिन उम्र अपना असर डालती है। और यह भी कि मैं आश्चर्यों को देख-देखकर, घुमक्कड़ी करते हुए कुछ थक चला हूँ। अब तो कभी-कभी भय भी लगता है। झूले की अधिकतम ऊँचाई पर पहुँचने की जो उमंग रहती है, वह कई बार वहाँ तक पहुँचते हुए डर में तबदील होने लगती है। यह भी होता है कि अनेक आश्चर्यों से गुजरते हुए आखिर आप आश्चर्यों को सामान्य तौर पर लेने लगते हैं और धीरे-धीरे कोई शहर, पिरामिड, बगीचा, मूर्तियाँ या खँडहर आपको आश्चर्य में नहीं डालते। इस तरह इस दुनिया के किसी भी 'आश्चर्य' का स्थान एक साधारण, दैनिक सुख-दुख से भरा अतिसामान्य संसार ले लेता है। अब आपके लिए कुछ भी आश्चर्य नहीं है।

लेकिन है भी। उन सपनों की तरह जिनमें आपने विस्फारित नेत्रों और उछलते हृदय से वह सब देखा जिनसे आपके लिए संसार के आश्चर्य निर्मित हुए।

यहाँ मैं आपको संक्षेप में अपने कुल तीन यात्रा-वृत्तान्त बताने जा रहा हूँ। अनेक बातें व्यक्तिगत अनुभव की श्रेणी में आती हैं और अतार्किक होने की हद तक तार्किक रही हैं इसलिए कह सकता हूँ कि प्रत्येक आश्चर्य तक पहुँचने की यात्रा मेरे लिए किसी सपने की तरह थी। वैसे भी, हम सब जानते हैं बिना सपने देखे कोई यात्रा नहीं की जा सकती। इन यात्राओं के लिए मुझे जिन पुस्तकों, मित्रों, चिट्ठियों, ई-मेलों, खबरों, इश्तहारों, लेखकों, वेबसाइट्स, अजनबियों और सपनों ने प्रेरित किया या सहयोग दिया, उनके प्रति आभार प्रदर्शित करता हूँ।

पानी पर शहर

सबसे पहले इस शहर की यात्रा करने का कारण था कि यह ज्यादा दूर की जगह नहीं थी। यही कोई पाँच सौ मील। मेरे देश के एकदम करीब, खाड़ी में बसा हुआ। खाड़ी पर किस देश का कब्जा है और किसका होना चाहिए, इस पर कुछ विवाद बना हुआ था लेकिन निर्विवाद रूप से वह शहर संसार के प्रमुख आश्चर्यों में शामिल था। यह बात करीब तीस-पैंतीस बरस पुरानी है। तब मैं जवान था और मन-ही-मन मैंने तय कर लिया था कि पैसा नहीं है तो क्या हुआ, मैं पैदल ही जाऊँगा। सामान्य ज्ञान की पुस्तकों में इस शहर का इतना जिक्र होता था कि किसी भी परीक्षा के लिए यह महत्त्वपूर्ण प्रश्न माना जाता था। अखबार भी साल में दो-चार बार इसके बारे में अपने परिशिष्टों में कुछ-न-कुछ छापते रहते। जो लोग इस शहर में घूमकर आते, वे पत्र-पत्रिकाओं में वहाँ लिये गए चित्रों का प्रकाशन कराते थे। लेकिन इससे केवल उत्सुकता ही बढ़ती थी। यह शहर कैसा है और क्योंकर यह संसार के विशिष्ट आश्चर्यों में शामिल है, चित्रों या कहानियों से ठीक तरह पता न चलता। इसके आस-पास एक धुन्ध थी, लिपटा हुआ कोहरा था जो पुकारता ही चला जाता था। देखो तो जानो, जैसा भाव।

आखिर मैं इतना दीवाना हुआ कि एक रात सो भी न सका। सुबह जब हो ही रही थी, मैं 'पानी पर शहर' के रास्ते पर था। मेरे पास पैसे कम थे

इसलिए सोचा पैदल ही यात्रा की जाए। जब पैसे नहीं होते लेकिन जवानी होती है तो पाँच सौ मील दूर की कष्टसाध्यता भी रास्ता नहीं रोकती। रास्ते में तब थोड़े-बहुत पेड़, तालाब हुआ करते थे और धर्मशालाएँ धूल-धूसरित नहीं हुई थीं। बैलगाड़ियाँ भी मिलती रहीं। ऊँट और घोड़े मिले। मोटर-गाड़ियाँ भी। इन सबकी बदौलत छह-सात दिन के सफर में, मैं बमुश्किल चालीस-पचास मील ही पैदल चला होऊँगा। किसी ने अनमने भाव से तो किसी ने गजब के उत्साह से मुझे रास्ता बताया। और उस रास्ते की तरफ जाते हुए मुझे कुछ दूर तक छोड़ते गए। कहा कि अभी आप जाइए कभी हमारा भाग्य जागेगा तो हम भी जाएँगे। मैदानों, रेगिस्तानों को पार करते हुए आखिर जब मेरे पाँवों के नीचे कठोर जमीन खत्म होने लगी और पानी का स्पर्श शुरू हुआ तब सूरज ढल चुका था लेकिन रोशनी थी कि हर कदम के साथ बढ़ती जा रही थी। आस-पास से गुजरते लोगों ने बताया कि 'पानी पर शहर' आ ही गया। बस, चन्द कदम और। मारे खुशी के मैं अपनी थकान भूल गया। अब तक साथ में अनेक लोग दिखने लगे थे जो उधर ही जा रहे थे। हम सब एक जगह जाकर रुक-से गए। जमीन खत्म हो गई थी। फिर एक नाव हमें रोशनियों की तरफ ले गई।

रात शुरू ही हुई थी और मैं शहर के बीचोबीच था। हर कदम पर लगता था कि नीचे पानी है और सड़क पर, गलियों में सन्तुलन बनाकर चलने की जरूरत है, लेकिन ध्यान से देखने पर उसी वक्त सब कुछ ठोस और जमीन की तरह लगता। चारों तरफ रोशनी थी और छोटे-छोटे आकर्षक घर बने हुए थे। कुछ रास्ते गलियारों की तरह तंग थे लेकिन मुख्य सड़कें चौड़ी थीं। यह शहर दुतल्ला था। बीच-बीच में सीढ़ियाँ थीं और आप उनसे चढ़कर ऊपरी हिस्से में जा सकते थे। जब नीचे के हिस्से में जाना हो तो कुछ जीने उतर जाइए या रेलिंग पकड़कर गोल फिसलपट्टी जैसी ढलान से, मजे में फिसलते हुए चले जाइए। काफी लोग घूम रहे थे। कई जगहों पर इतने पर्यटक थे कि स्थानीय निवासी उनके सामने अल्पसंख्यक दिखते थे। जो स्थानीय थे वे अपनी खास पोशाक की वजह से, जबड़े की चौड़ी हड्डियों और तीखी नाक से पहचान में आते। सूट या वर्दी की तरह कुछ पहने हुए वे हमेशा चुस्त और व्यस्त दिखते। सिर हिलाकर, मुस्कराकर पर्यटकों का स्वागत करते। बीच-बीच में मानो लहरों के थपेड़ों से पूरा का पूरा शहर हिलता और पर्यटकों पर एक अविस्मरणीय

किस्म का उन्माद छा जाता। कहीं कचरा और गन्दगी का नामो-निशान न था। बगीचे, फव्वारे, हर तिराहे-चौराहे पर कलात्मकता से भरपूर मूर्तियाँ। रोमन और गान्धार कला का जैसे वहाँ समन्वय हुआ हो। मैं अभिभूत हो गया। शहर छोटा था। मैंने रात भर में ही, छह-सात घंटों में लगभग पूरा शहर नाप डाला। शहर के कई किनारों पर मैं गया, जैसे ही समुद्र की गन्ध आना शुरू होती, एक बैरियर मिलता या एक बोर्ड कि आगे रास्ता नहीं है अथवा 'पर्यटकों को यहाँ से आगे जाने की इजाजत नहीं' की सूचना। वहाँ मुस्कराता हुआ कोई पहरेदार बैठा होता। बैरियर या बोर्ड के आगे आप समुद्र को हवाओं से, नमी से, उमस से और पछाड़ खाती लहरों की आवाज से अपने भीतर महसूस कर सकते थे।

शहर बहुत व्यवस्थित था। मनुष्य के कौशल और विज्ञान के किसी चमत्कार की तरह यह शहर बसाया गया था। जगह-जगह प्रसाधन और विश्रांति की जगहें बनी हुई थीं। सब कुछ निःशुल्क। दुकानें कम थीं लेकिन जरूरत की हर चीज उपलब्ध थी। हर देश की मुद्रा वहाँ चलन में थी। दाम सुनिश्चित थे और पर्यटकों को ठगा नहीं जाता था। चीजें खरीदते हुए कई बार लग सकता था जैसे पर्यटक ही, दुकानदारों को ठग रहे हों। (मगर सब जानते हैं कि दुकानदारों को कोई नहीं ठग सकता।) रहवासी एकदम तैयार और प्रसन्न दिखते थे। जैसे कहीं से आ रहे हैं और कहीं जाने के लिए तत्पर हैं। बाहर से आए लोगों को रास्ता दिखाने, दर्शनीय स्थानों की सूचना देने या अन्य किसी भी तरह की सहायता के लिए वे हर क्षण प्रस्तुत थे। पर्यटन को वहाँ पूर्ण उद्योग का दर्जा दिया जा चुका था। वही शहर की आय का प्रमुख स्रोत था। अन्य कोई आर्थिक गतिविधि दिखती नहीं थी।

मैं शहर की देखने योग्य सारी जगहों को देख चुका था और थककर पार्क की बेंच पर सोने ही जा रहा था कि दूसरी बेंच पर बैठे परिवार के मुखिया ने कहा, "सोइए मत। अभी एक घंटे में सूर्योदय होनेवाला है। पार्क की ऊपरी मंजिल पर ही 'सनराईज पॉइंट' है। यहाँ से सूर्योदय देखना विलक्षण अनुभव है।" थोड़ी देर बाद वह परिवार ऊपर चला गया। उनके पीछे-पीछे मैं भी। ऊपर काफी भीड़ जमा थी लेकिन जिधर लालिमा दिखती थी उधर आसानी से सबको देखने लायक गुंजाइश थी। धीरे-धीरे सूरज निकला और 'पानी पर शहर' के विस्तारित जलमग्न क्षितिज पर उदित होने लगा। जैसे समुद्र में से निकलकर सूर्य आ रहा है। वर्णनातीत सौन्दर्य। सूर्य के प्रातःकालीन प्रकाश में

मैंने देखा कि चारों तरफ पानी-ही-पानी है। बीच में बसा हुआ यह छोटा-सा खूबसूरत शहर। आधुनिक शहर जिसमें पेड़ नहीं थे, लेकिन गमलों में बसी हरियाली ने शहर को एक तरह के नए हरेपन से भर दिया था। मैं अपनी नींद और थकान फिर भूल गया। हालाँकि मुझे भूख लग आई थी। दुकानें सुबह से खुली हुई थीं। शायद वे कभी बन्द ही नहीं हुई थीं। मैंने इतना सस्ता और स्वादिष्ट खाना जीवन में फिर कहीं नहीं खाया। मैं फिर शहर का चक्कर लगाने लगा। घूमते-फिरते ध्यान आया कि यहाँ स्थानीय लड़कियाँ-स्त्रियाँ नहीं दिखीं। मैं उस शहर की मूल भाषा नहीं जानता था। टूटी-फूटी अंग्रेजी ही वहाँ सहारा थी। मैंने किसी तरह एक दुकानदार से, फिर एक पहरेदार से और फिर एक पर्यटक से पूछा कि यहाँ महिलाएँ नहीं दिखतीं। सबने एक ही उत्तर दिया कि देखो, उधर हैं तो। उन सबका इशारा पर्यटक स्त्रियों और लड़कियों की तरफ था। बहरहाल, मैं शहर की व्यवस्थित सुन्दरता के आकर्षण और आनन्द को फालतू के सवालों में खराब नहीं करना चाहता था।

घूमते-घामते पर्यटकों से मेरी बातचीत और क्षणिक, पर्यटकीय मित्रता होती रही। सब अचम्भित और आनन्दित थे। कुछ तो वहाँ बस जाना चाहते थे लेकिन 'पानी पर शहर' में किसी को अचल सम्पत्ति खरीदने-बेचने की अनुमति नहीं थी। एक युवा महिला पर्यटक, जिससे मेरी कुछ हद तक दोस्ती हो गई थी, की राय कुछ अलग और औचक किस्म की थी। कुछ देर ही हम साथ-साथ रहे। वह परेशान और व्यग्र दिखती थी। लगता था शहर की सुन्दरता ने उस पर जादू कर दिया था और इस अनुभव को लेकर वह बेचैन थी। सम्भवत: इसलिए ही वह बीच-बीच में अतार्किक लेकिन दिलचस्प बातें करती थी। वह बर्फ के देश से आई थी। मैंने उससे कहा कि यह शहर कितना खूबसूरत है और सचमुच किसी आश्चर्य की तरह हमारे इस संसार में है। फिर कुछ दुखी और उदास होकर मुझे कहना पड़ा, "लेकिन मुझे वापस जाना होगा। मेरे पास ज्यादा पैसे नहीं हैं।" वह मुस्कराई और मेरे कान में फुसफुसाते हुए कहने लगी, "तुम उन भाग्यशाली लोगों में से हो, जो यहाँ से चले जाएँगे। ज्यादा जानने की कोशिश मत करना। वैसे भी यह शहर नहीं है।" मैं सोचने लगा कि वाकई यह शहर नहीं है, जादू है। उसके शब्दों में उत्तेजना थी। अचानक उसकी मुस्कराहट गायब हो गई और किसी भय के वशीभूत उसने मेरी बाँह को कसकर थाम लिया जैसे वह मेरी संगिनी है और मैं उसे कुछ नहीं होने दूँगा।

कुछ दूर चलकर उसने धीमे-से फिर कहा, "यह शहर नहीं है, एक विशाल जहाज है। शिप। इसे एक शहर होने का कुशलतापूर्वक आभास दे दिया गया है। यह उस आदमी का जहाज है जिसके जहाज और बाजार पूरी दुनिया में हैं। यह उसका सबसे विशाल सैनिक-अड्डा है। उसके प्रचार-तन्त्र का कमाल है कि इसे वर्षों से उसने संसार के आश्चर्य की तरह प्रचारित कर रखा है। अब तो यह विश्व-धरोहर के रूप में रक्षित हो चुका है। आप यहाँ की किसी चीज को हाथ नहीं लगा सकते। इस शहर पर टेढ़ी निगाह भी नहीं डाल सकते, यूनेस्को तुरन्त ही सक्रिय हो जाएगा। कितनी ही अन्तर्राष्ट्रीय संस्थाएँ इसकी रक्षा के लिए तैनात हैं। जहाज के किनारे-किनारे हथियार भरे हुए हैं, उस तरफ कोई नहीं जा सकता। और यहाँ दुतल्ले नहीं, तीन तल्ले हैं। तीसरे तल्ले को, जो दरअसल इस जहाज का डेक है, आधे ढँके हुए एयरपोर्ट की तरह विकसित किया गया है। जहाँ यात्री विमानों सहित हर तरह के एयरक्रॉफ्ट आते-जाते रहते हैं। यह रहस्य मुझे अभी कल रात को ही मालूम हुआ है। यहाँ कोई स्थानीय निवासी नहीं हैं, सब सैनिक हैं। और ये छोटे-छोटे मकान दरअसल केबिन हैं।" वह जल्दी-जल्दी बोल रही थी। उसका चेहरा बर्फ की तरह सफेद होता जा रहा था। यकायक वह एक तंग गली में मुड़ गई। मैंने उसे लगभग गायब होते देखा।

मुझे कुछ अजीब लगा। पास के चौराहे पर पहुँचकर मैंने गोल-गोल घूमकर, पलटकर आगे-पीछे, दाएँ-बाएँ सब तरफ देखा। शहर वाकई लाजवाब था। जल्दी ही मैं शहर की खूबसूरती में डूब गया। समुद्र की आर्द्रता और कोमलता से भरी हवा तन-मन को भिगो रही थी। उस महिला को मैंने 'जीवन के सफर में राही मिलते हैं बिछुड़ जाने को' भाव से याद किया और शहर का आनन्द लेने लगा। चलते-चलते कभी-कभी महसूस होता था कि शहर हिचकोले खा रहा है। कितना दुर्लभ, अविस्मरणीय अनुभव था वह। पानी पर बसे हुए शहर को, लक्षणा और रूपक में जहाज कहा तो जा सकता है लेकिन वह शहर कहीं से भी जहाज नहीं लगता था। दरअसल वह जहाज था भी नहीं। वह तो एक विस्मयकारी शहर था। निश्चित ही 'पानी पर शहर' के आश्चर्य को देखकर वह लड़की पगला गई होगी। ऐसा हो जाता है। मैंने कई लोगों को देखा है जो जादू देखते हुए चीख उठते हैं, हँसने या रोने लगते हैं। कमजोर, भावुक हृदय के लोगों को तो हृदयाघात तक हो जाता है। मैं उस

शहर को आज भी अपने देखे हुए बेहतरीन आश्चर्य की तरह स्मरण करता हूँ। हालाँकि, अनचाहे ही उस रहस्यमयी लड़की की बेतुकी बातें भी मुझे साथ में याद आती हैं। आश्चर्यजनक जगहों को देखने, समझने और अनुभव करने के लिए सदैव ही रसप्रिय, उदार, उत्कंठित और रोमांचित हो सकनेवाला हृदय चाहिए। वह हर पर्यटक के पास होता भी नहीं है। मैं आज तक नहीं समझ पाया हूँ कि ऐसे लोग घूमने-फिरने जाते ही क्यों हैं!

आश्चर्यों के पास आप शंकालु दृष्टि के साथ नहीं जा सकते। इस तरह तो वे आपको अपनी सुन्दरता और रोमांच के आसपास भी नहीं फटकने देंगे।

परियों का बगीचा

इस यात्रा के बारे में भी मुझे बता देना चाहिए। मेरा जीवन अब ज्यादा शेष नहीं है और किसी भी विस्मयकारी अनुभव को अपने साथ पूरी तरह छिपाकर ले जाना इस संसार के साथ, जीवन के साथ और स्वयं अपने साथ बेईमानी होगी। इसलिए कहता हूँ। हालाँकि इसके साथ गहरी तन्द्रा का एक हृदयविदारक अनुभव जुड़ा हुआ है। वह, अब मुझे भी लगता है कि सम्भवत: किसी बुरे सपने या अन्दरूनी चोट का ही विस्तार रहा होगा।

जैसा कि आप खुद ऐटलस में देख सकते हैं कि यह जगह सुदूर दक्षिणी ध्रुव के पास में है। यह प्रकृति निर्मित विशाल बगीचा है जिसमें हजारों प्रजातियों के फूल खिले रहते हैं। वे प्रजातियाँ जो अन्यत्र असम्भव हैं। वहाँ के मौसम और परिस्थितियों ने वनस्पतियों को अमर कर दिया है। प्रकृति ही माली का काम करती है और बगीचे को अनश्वर और सुन्दर बनाए रखती है। प्रकृति-निर्मित आश्चर्यों में इसका स्थान सर्वोपरि है। मौसम की प्रतिकूलता की वजह से इस जगह की यात्रा कठिन है और विरले ही वहाँ तक पहुँच पाते हैं। वापस आनेवालों की संख्या तो और भी कम है। पुस्तकों से तथा लौटकर आए भ्रमणकारियों के लेखों से पता चलता है कि यहाँ के सदाबहार वृक्षों की मजबूत डालों से, जड़ों और बेलों की रस्सियों के झूले लटके रहते हैं जिन पर परियाँ झूलती हैं। उन परियों को आसानी से देखा नहीं जा सकता, उनसे मिलना या बात कर पाना तो नामुमकिन ही है। वहाँ परियाँ हैं, इसका अनुभव भर होता है। दरअसल, एक-से-एक सुन्दर फूलों, झाड़ियों और वृक्षों से भरा

यह बगीचा संसार के दुर्लभतम प्राकृतिक आश्चर्यों में से एक है, इसलिए भी इसके साथ किंवदंतियाँ जुड़ गई हैं। मनोहारी जगहें यों भी मनुष्य को रोमांटिक और कल्पनाशील बना देती हैं। मुझे लगा कि परियों का बगीचा कहने से, पर्यटकों के मन में वहाँ तक जाने की उमंग जाग सकती है। यह नामकरण पर्यटन को बढ़ावा देने की नीयत से किया गया होगा। यह जानकारी भी सहज मिल जाती है कि वहाँ पहुँचनेवाले पर्यटकों के आवास, खाने-पीने आदि की व्यवस्था अन्तर्राष्ट्रीय पर्यटन संस्था ने अपने जिम्मे ले रखी है और बगीचे के बाहर हर तरह के आय-वर्ग के लोगों के लिए समुचित व्यवस्थाएँ हैं। यहाँ रातें कई महीनों लम्बी होती हैं और इसी तरह दिन भी कई महीनों के होते हैं। पर्यटकों के लिए यह बगीचा उन दिनों के लिए ही खुलता है जबकि वहाँ दिवसकाल रहता है।

बगीचे के बाहर विकसित किए गए पर्यटक-ग्राम से, हवाई अड्डा करीब दस-बारह मील दूर है। विमान में ही बता दिया गया था कि वह रास्ता पैदल ही पूरा करना होगा। उस रमणीय रास्ते का स्मरण आज भी प्रसन्न बना देता है। जमीन का ऐसा रंग कहीं और न होगा। मेरे देखे में तो नहीं ही है। उसे कोई नया ही रंग कह सकते हैं। कत्थई, भूरा, लाल, धूसर, जामुनी जैसे सामान्य किसी भी एक रंग में वह नहीं अँट सकता। रास्ते के उतार-चढ़ाव। अचानक ही बर्फ की घाटियाँ। फिर शुरू होती हुई खाइयाँ। दुर्गम और खतरनाक रास्तों का मनोरम हिस्सा भी इसमें शामिल हो जाता है। पैंतीस-छत्तीस साल से अधिक आयु या रक्तचाप जैसी बीमारियों से ग्रसित लोगों को तो यहाँ आने की इजाजत भी नहीं मिलती। पाँच-छह किलोमीटर बाद आता है एक वातानुकूलित वन। अदेखे वृक्षों की सुन्दरता और लुभानेवाली भीषणता का परिचय देता हुआ। उसके बाद फिर खुला आकाश। कोई भी चित्रकार वैसा नीला रंग नहीं बना सकता। फिर एक हृदयनुमा पहाड़ पर चढ़िए। चढ़ाई पूरी होते ही बगीचे से उठती फूलों की मादक सुगन्ध नथुनों में, दिमाग में भरने लगती है। फिर एक झील। गुलाबी और पीले फूलों से भरी। लेकिन वैसा गुलाबी या पीला नहीं, जैसा इधर हम जानते रहे हैं। मैं जिन रंगों की भी बात कर रहा हूँ, वे सब अद्वितीय रंग समझे जाएँ। इन दृश्यों, अनुभवों का कोई लेखा नहीं दिया जा सकता। बस मैं एक असफल, असमर्थ और विवश लेखक की तरह जैसा बन पड़ रहा है, लिख रहा हूँ आप अपनी विशालता, क्षमता, इन्द्रियों और आनन्द

की परिधियों में इसे अनुभव करते चले जाएँ। यही एकमात्र उपाय है। अब वे टेंट दिखने लगे हैं जो पर्यटकों के लिए लगाए गए हैं।

बगीचे में प्रवेश के लिए एक विशाल द्वार निश्चित है, जिस पर लोहे का ऊँचा टावर खड़ा कर सफेद पताका लगा दी गई है। कोई पथ-प्रदर्शक नहीं है। आप बगीचे में कहीं भी हों, यह पताका आपको दिखाई देगी। इसे देखते हुए आप वापस लौट सकते हैं, भटकने की कोई गुंजाइश नहीं। मुख्य द्वार के रास्ते को दर्शाने के लिए जगह-जगह तीर के निशानों के बोर्ड हैं। खतरे या आपातस्थिति में तीर के पास साइनबोर्ड पर लगा स्विच दबाया जा सकता है। अनेक प्रकार के फल हैं जिन्हें पर्यटक खा सकते हैं और छोटे-छोटे सोतों का पानी पी सकते हैं। विश्राम के लिए शेड हैं, बेंचें हैं। जगह-जगह प्रसाधन हैं। बगीचे में घुसते ही नशा छा जाता है। अब आप वही व्यक्ति नहीं रहते जो अब तक थे। बल्कि इस मृत्युलोक के वासी भी नहीं हैं। अब आप इस बगीचे में हैं और आश्चर्यलोक में हैं। विशुद्ध आश्चर्यलोक! मेरे द्वारा किए जाने वाले प्रत्येक वर्णन को आप किसी फिल्म, चित्र या वास्तविक रूप से देखे गए सुन्दर बाग-बगीचे में संकुचित कर देंगे इसलिए मुझे भय है कि उस बगीचे को मैं न चाहते हुए भी सिर्फ अपने साथ ही ले जाऊँगा। शायद उसे बताने के लिए अभी शब्दों का, नई अभिव्यक्ति का आविष्कार होना है। बगीचे के बारे में शेष संसार ने जितना पढ़ा और जाना है, उससे बगीचे के सौन्दर्य और वैभव के एक प्रतिशत का भी पता नहीं चलता। 'परियों का बगीचा' को यों ही संसार के 'आश्चर्यों का आश्चर्य' नहीं मान लिया गया है।

और परियाँ! आश्चर्यजनक तौर पर वे दिखती हैं लेकिन एक दूरी पर। अलभ्य। किसी कुंज में दौड़ती-भागतीं। कभी झूलों पर झूलतीं। फूलों की क्यारियों में से द्रुत कुलाँचे भरती हुईं। लेकिन इतनी भारहीन कि न तो फूल कुचले जाते और न ही दूब रौंदी हुई दिखती। उनकी उपस्थिति, फूलों की सुगन्ध की तरह आपके आस-पास हमेशा बनी रहती है। उनसे कोई अलौकिकता या भय पैदा नहीं होता। बल्कि एक तरह की मानवीय उपस्थिति का अहसास आपको किसी भी तरह के अकेलेपन से बचा लेता है। और आपको इस अनुभव से मुक्त कर देता है कि आप सुदूर दक्षिणी ध्रुव के कोने में, मनुष्य की आबादियों से कहीं अलग हैं।

पर्यटन विभाग की ओर से सख्त हिदायत दी गई थी कि बगीचे में फूल-

पत्तियाँ न तोड़े जाएँ। और परियों के झाँसे में न आया जाए क्योंकि दरअसल, वहाँ परियाँ हैं ही नहीं। बगीचे का वातावरण ही ऐसा अतिप्रकृत है जो किन्हीं असीम सुन्दरताओं के आस-पास होने का आभास पैदा करता है। बहरहाल, फूल-पत्ते पौधों, वृक्षों पर लगे हुए मुझे सन्तुष्ट और प्रसन्न बना रहे थे। अनेक पर्यटक बगीचे में थे। लेकिन कोई किसी के साथ नहीं घूमना चाहता था। जैसे वह इतना पारलौकिक अनुभव था कि उसे किसी दूसरे के साथ रहकर नष्ट नहीं किया जा सकता था। जल्दी ही मुझे लगने लगा कि परियों की कहानी महज झूठ नहीं है। यहाँ वाकई परियाँ हैं और उनका होना कोई विभ्रम नहीं है। यकायक मैंने निश्चय किया कि झलक का आभास देती हुई इन परियों से मुझे मिलना होगा। वरना यहाँ इतनी दूर तक आने का अर्थ क्या ? बगीचे में मैं धँसता चला गया। पताका बहुत दूर दिखती थी। बगीचा जैसे अन्तहीन था।

किसी परी को पकड़ सकने, उसे देखने, बात करने की इच्छा और संकल्प ने मुझमें अकूत उत्साह और शक्ति भर दी थी। पता नहीं कितना समय बीता। फल खाते हुए सोतों का पानी पीते हुए मैं परियों के पीछे लगा रहा। उनकी छायाओं का पीछा करते-करते आखिर मुझमें इतनी चपलता और कौशल आ गया कि अब मैं उन्हें अधिक स्पष्टता से देखने लगा था। यह तो बाद में पता चला कि मेरा यह कितना भयानक और मारक निर्णय था जिसने मेरी आत्मा के एक हिस्से को जीवन भर के लिए जैसे लकवाग्रस्त कर दिया। उस समय तो मैं बस अपनी मानवीय क्षमता को किसी दैवीय अथवा राक्षसी क्षमता में बदलने में जुटा हुआ था कि कैसे भी हो कोई परी हाथ में आनी चाहिए।

आखिरकार, मैं स्मृति पर जोर डालकर अब कह सकता हूँ कि अनायास ही, झुरमुट के पीछे विलीन होती एक परी का आँचल मेरे हाथ में आ गया। वह साड़ी का एक सिरा था। उसे खींचा तो परी मेरी तरफ आने लगी। सिर झुकाए हुए। अपने चेहरे को हाथों में छुपाए। परी मेरे एकदम करीब आ गई थी और चेहरा उसने अपनी हथेलियों में पूरी तरह छिपा रखा था। न जाने क्यों देहयष्टि से वह मुझे अपनी मृत बहन की तरह लगी। "अपना चेहरा दिखाओ!" मैंने विस्मय में लेकिन आदेशपूर्वक कहा। "मेरे पास कोई चेहरा नहीं है।" उसने उत्तर दिया। आवाज मेरी बहन की जैसी ही थी। "हथेलियाँ हटाओ!" मैं लगभग चीखा। उसने हथेलियाँ हटा लीं। वहाँ कोई चेहरा नहीं था। मानो किसी पेंटिंग में चेहरे की जगह छोड़ दी गई हो और कैनवस झाँकता हो। जैसे

वह किसी का भी चेहरा हो सकता हो। मेरे हाथ से साड़ी का सिरा छूटने को हुआ लेकिन मैंने उसे कसकर पकड़ लिया। "तुम यदि वापस जाना चाहती हो तो बताओ कि तुम कौन हो, और यहाँ कैसे आई हो।" मैंने कठोर स्वर में कहा। उत्तर में मुझे निरुपाय, पीड़ित और क्रोधित स्वर सुनाई दिया, जिसकी गूँज किसी पुरानी इमारत या गहरे कुएँ के अतल से टकराकर लौटती थी, "ठीक है, सुनो! यहाँ तक आने के बाद कोई भी तुम्हारा या किसी और का नहीं रह जाता। यहाँ कोई परी भी नहीं है। यहाँ सब छली गईं, नोची-खसोटी गईं स्त्रियाँ हैं जिन्हें उत्तर के क्षेत्रों में दासियों की तरह, गणिकाओं की तरह इस्तेमाल किया गया और आखिर वे मर गईं या उन्हें मार डाला गया। बगीचे के उस दूर के कोने में, फेनिल वृक्षों के नीचे खड़ी स्त्रियों में वह स्त्री भी है जो कभी तुम्हारी माँ थी। यहाँ वे सब स्त्रियाँ हैं जो तुम सबसे दूर भागते हुए थक चुकी हैं। ये वे स्त्रियाँ हैं जो तुम्हारे लिए कल्पवृक्ष का अंश थीं। तुमने उनसे जब, जिस क्षण जो चाहा वह लिया। दूध, भोजन, प्रेम, बिस्तर, फूल, तकिया, छाँह, चुम्बन, शहद, फल, नृत्य, संगीत। वे परियों की तरह तुम्हारे जीवन में आई थीं मगर तुमने उन्हें धीरे-धीरे आखिरकार मार ही डाला।" थोड़ा रुककर उसने कहना जारी रखा, "और अब जब वे उन्मुक्त, अपने आप में यहाँ मस्त हैं तो तुम खुद परेशान होते हो और उन्हें भी कर रहे हो। अपनी दाईं तरफ देखो, उधर उस पारिजात के नीचे, तुम्हारी बुआ खड़ी हैं। वही बुआ, जिन्हें तेरह साल की उम्र में ही, एक राक्षस की मूर्ति को, देवता घोषित करते हुए फूल की तरह अर्पित कर दिया गया था। यह परियों का नहीं, गणिकाओं का बगीचा है। पारिवारिक गणिकाएँ। तुम्हारी बाकी बहनें, चाचियाँ, भाभियाँ, मौसियाँ यहीं आएँगी, और तुम्हारी पत्नी भी। यही सच्चा आश्चर्यलोक है।" फिर वह मेरी अनेक पीढ़ियों की स्त्रियों का विवरण देती रही, इस हद तक कि मुझे कुछ होश ही न रहा।

मुझे नहीं पता कि परियों के बगीचे से मैं किस तरह वापस आया। बाद में यही अन्दाजा लगाया गया कि चलते हुए मैं कहीं किसी वृक्ष से चोट खाकर, कुछ समय के लिए 'कोमा' में चला गया था और दुस्वप्नों से घिर गया था। किसी दूसरे पर्यटक ने आपात-स्विच दबाकर मेरे दुर्घटनाग्रस्त होने की सूचना दी होगी। मेरे माथे पर जो चोट का गहरा निशान है, लगता है बगीचे में किसी पेड़ के मोटे तने या डाल से टकराने का ही है। वापसी के करीब महीने भर

बाद, रजिस्टर में दर्ज किए गए मेरे पते पर, मुझे 'अन्तर्राष्ट्रीय पर्यटन विभाग : परियों का बगीचा क्षेत्र' से स्वास्थ्य के लिए शुभकामनाओं सहित एक पिक्चर-पोस्टकार्ड, जिस पर बगीचे के अनुपम दृश्य की तसवीर थी, मिला। अब भी मेरे पास वह सुरक्षित है और उस बगीचे की अविस्मरणीय याद को ताजा करता है।

मगर माथे की चोट कुछ और ही सपनीली कथा कहती है।

समय की भूल-भुलैया

'समय' हमारे समय की एक महत्त्वपूर्ण खोज है। यदि समय को नहीं खोजा गया होता तो, अब आप भी समझ सकते हैं कि यह जीवन चलना असम्भव हो जाता क्योंकि तब अनेक दूसरी खोजें सम्भव नहीं होतीं। और यदि मुमकिन भी होतीं तो उन्हें हमारे समय में स्थापित (place) करना नामुमकिन हो जाता। हो सकता है हम अभी पाषाणकाल में ही होते या कहीं होते ही न। समय न होता तो गति न होती। कोई बन्धन, अनुशासन या दूरी न होती। हमारी आयु ही न होती। फिर यह सृष्टि चक्र ही न होता। यह होते भी तो समय के बिना, भला उन्हें कौन देखता-समझता-भुगतता! घड़ी, जिसमें हम समय देखते हैं, समय का बहुत स्थूल और बचकाना रूप है। लेकिन उससे भी हम दिनचर्या में इतना तो समझ ही सकते हैं कि समय कितना विशिष्ट है। भौतिकी में ही नहीं, मानव-जीवन में और विस्तृत समाज में समय ही एक ऐसी अवधारणा रही है जिसने तमाम 'अवधारणाओं' को बार-बार अतिक्रमित करते हुए यथार्थ की तरह अपनी सत्ता जमाई है।

समय ही ऐसा भ्रम है जो वास्तविकता की तरह अपना रौब जमाता है। यों देखें तो समय क्या है? कुछ भी नहीं। निर्वात! शून्य! अपरिमेय! अगोचर! ईश्वर!! लेकिन क्या ये उत्तर सत्य के करीब हैं? जबकि हम महसूस कर सकते हैं कि समय ही सब कुछ है, हमारा नियन्ता है। प्रत्यक्ष है। इतना कि वह हमारे सामने बीतता है। हमारी कलाई-घड़ी में बीतता है। सुबह-दोपहर-रात में बीतता है। हमारे सामने नदी की तरह, पठार की तरह पसरा रहता है, जिसे हम रोज पार करते हैं। वह घास का मैदान है, भूरी चिड़िया है और नीला आकाश भी, जो हम खिड़की से देखते हैं। वह हमारे जीवन का आधार है और

हाय-तौबा मचाते वैज्ञानिकों के लिए या अपने अँधेरे या ज्ञान के प्रकाश में डूबे दार्शनिकों के लिए एक सदाबहार चुनौती। दरअसल, समय ही जीवन है और यही वह राक्षसी या दैवीय विकराल मुँह, जिसमें सब कुछ समाया हुआ है। 'समय' और 'समाया', मुझे लगता है कि आनुवांशिकता से जुड़े शब्द हैं।

बहकने के लिए मुझे क्षमा करें, मैं सिर्फ यह कहना चाहता हूँ कि समय को लेकर मेरी दिलचस्पी कुछ ज्यादा ही रही है। इसलिए 'समय की भूल-भुलैया' देखने के लिए मैंने अपने आपको व्यग्र महसूस किया था तो इसमें आश्चर्य की कोई बात नहीं। यह उत्तेजना क्या कम नेमत है कि इस 'समय' को मैं हर पल अपने रक्त और अपनी मज्जा तक में, किसी-न-किसी रूप में अनुभव करता हूँ। यह 'भुल-भुलैया' विज्ञान के आधुनिक आश्चर्यों में थी। जहाँ ज्ञान-विज्ञान और जीवन की तमाम शाखाओं-उपशाखाओं को मिलाकर रख दिया था। जीवविज्ञान, समाजशास्त्र, नृतत्तवशास्त्र, राजनीति विज्ञान, अर्थशास्त्र, इतिहास, भूगर्भ विज्ञान, यान्त्रिकी, चिकित्साशास्त्र, प्रबन्धन, मीडिया, बाजार, दर्शन, दूरसंचार विज्ञान, कम्प्यूटर विज्ञान, पुरातत्व विज्ञान, दर्शन शास्त्र, अपराध विज्ञान, गणित, अन्तरिक्ष विज्ञान, सांख्यिकी। क्या नहीं था। मजे की बात यह थी कि इन सब विज्ञानों एवं शास्त्रों को इस तरह से भूल-भुलैया में रखा गया था कि वह जीवन का हिस्सा मालूम होता था। वहाँ कुछ भी समय निरपेक्ष नहीं था, बल्कि समय इतने सघन रूप में उपस्थित था कि एक पल में आप हजारों घंटों की यात्रा और क्षण भर में सदियों के पार आवागमन कर सकते थे। समय की भूल-भुलैया समझने के लिए ही इसे बनाया गया था।

जाहिर है कि यह एक सच्चा विश्व था जिसे एक जगह, उसकी नैसर्गिकता और तथ्यात्मकता के साथ संयोजित कर दिया गया था। इस तरह कि संयोजन भर न लगे बल्कि जीवन का प्रतिरूप बन जाए। हमारा प्रतिसंसार। इसे 'समय-विहार' भी कह सकते हैं लेकिन वस्तुतः यह 'समय की भूल-भुलैया' ही थी जिसमें प्रवेश के बाद, गाइड की मदद से ही बाहर निकला जा सकता था। प्रत्येक प्रमुख देश में इसका एक-एक केन्द्र स्थापित किया गया था और इसकी विशेषता थी कि हर उम्र, हर स्तर और बुद्धि के लोग इस भूल-भुलैया का अपनी-अपनी क्षमतानुसार आनन्द ले सकते थे। इसमें तारा-मंडल जैसा वातावरण था। जैसे हम जीवन को उसकी ऐतिहासिकता और समय में, एक साथ रखकर देख रहे हों।

हमारे देश में यहाँ तक पहुँचने के लिए हुगली नदी पार करनी होती है। फिर आप एक विशाल पुल से होकर सड़क मार्ग से अथवा स्टीमर के द्वारा भी, 'समय की भूल-भुलैया' तक पहुँच सकते हैं। करीब चालीस एकड़ में छोटी-सी पहाड़ीनुमा, लगभग अंडाकार, हरियाली से भरी हुई जगह थी। इस पहाड़ीनुमा, ढलवाँ जगह को घास-फूस-पौधे लगाकर, पार्क की तरह बना दिया गया था। जो लोग समय की भूल-भुलैया में घूमकर आते थे, वे इस पार्क की बैंचों पर, झाड़ों के नीचे छाँह में अथवा दूब पर लेटकर आराम फरमाते थे, ताकि वास्तविक समय से भरे हुए जीवन में वापस उतरने, उसे महसूस करने के लिए मानसिक रूप से तैयार हो सकें। इसके नीचे, विशाल तलघर में 'समय की भूल-भुलैया' का निर्माण किया गया था। भूल-भुलैया में जाने के लिए चार दरवाजे थे और बाहर आने के लिए भी उसी तरह के, बिलकुल एक जैसे, चार दरवाजे थे। मजेदार बात यह थी कि आप लाख सिर पटक लें लेकिन भीतर जानेवाले दरवाजे से बाहर आना नामुमकिन था। इसी तरह बाहर आनेवाले दरवाजे से आप घुस जाएँ तो कुछ ऐसा तिलिस्म था कि आप भूल-भुलैया में प्रवेश करने के बजाय, चक्कर खाते हुए वापस बाहर आ जाएँगे। ऐसे प्रवेश और निकास द्वार बनाने के पीछे उनका औचित्य यह था कि आप जीवन में भी समय के जिस दरवाजे से अन्दर जाते हैं, उससे वापस नहीं आ सकते। और जो बाहर आने के समय का द्वार है, उससे भला अन्दर कैसे जाया जा सकता है?

भूल-भुलैया का पूरा बयान कठिन है क्योंकि वहाँ घूमते हुए आश्चर्य के साथ-साथ घबराहट बनी रहती थी कि इससे बाहर कैसे जा पाएँगे। लाख सजगता के बावजूद यह आशंका दबोच ही लेती थी। लेकिन बेतरतीबी से ही सही, मैं कुछ बातें जरूर बता सकूँगा। यों भी हर एक घंटे में वहाँ दृश्यों का क्रम और उनकी किस्में बदल जाती थीं। एक घंटे के अन्तराल पर ही दर्शकों को, चार समूहों में बाँटकर, चारों दरवाजों से प्रवेश दिया जाता था इसलिए प्रत्येक घंटे पर एकत्र दर्शक-समूहों के लिए भूल-भुलैया नवीन हो जाती थी। प्रबन्धन और व्यवस्थापकों का कहना था कि हम इस तरह, विशाल कम्प्यूटरों और संवेदी सूचना-तन्त्र उपकरणों के जरिए इस 'भूल-भुलैया' को अद्यतन (update) करते हैं। तो, जो मैंने देखा-जाना वह बताता हूँ। किसी अन्य का अनुभव और देखे हुए का विवरण, निश्चित ही अलग होगा। उससे न तो भ्रमित होने की जरूरत है और न ही मुझ पर या उस पर, किसी तरह का अविश्वास करना चाहिए।

मुझे गेट नम्बर 3 से प्रवेश दिया गया। मेरे साथ लगभग साठ–पैंसठ लोग थे। और एक गाईड जो आश्चर्यजनक रूप से हर पल, हर आदमी के साथ उपस्थित रहता था। सत्तर लोग लगभग एक साथ भी सवाल करें तो वह सबको शीघ्रातिशीघ्र अलग–अलग उत्तर दे सकता था। उसका कहना था कि जिस तरह अन्तरिक्ष यात्री को विशेष प्रशिक्षण की वजह से यह अभ्यास हो जाता है कि वह गुरुत्वाकर्षणविहीन और वायुमंडल रहित वातावरण में काम कर सकता है, उसी तरह हमने प्रशिक्षण लिया है कि हम समय को अति सूक्ष्म इकाइयों में विभाजित करते हुए इस तरह समय–प्रबन्धन करते हैं कि सबको कम–से–कम समय की हानि हो और उनकी जिज्ञासा शान्त की जा सके। समय की यह हानि हम लगभग शून्य के करीब ले आते हैं। "वैसे मैंने 'सूक्ष्म–समय प्रबन्धन' में उच्चतर संस्थान से एम.बी.ए. किया है। मैं विखंडन और पुनर्संयोजन के विज्ञान में भी दक्ष हूँ। मुझे आप 'क्षणभंगुर' के नाम से पुकार सकते हैं। जाहिर है कि मैंने यह नाम समय की भूल–भुलैया के गाईड के बतौर ही रखा है।" —उसने अपने परिचय में बताया। फिर सबको निर्देश दिया कि लगातार चलते रहना होगा। न समय रुकेगा और न ही कोई दर्शक। चलते रहिए। किसी भी दृश्य को देर तक या रुककर नहीं देखा जा सकता। किसी भी दृश्य या घटना में हस्तक्षेप न करने की सख्त हिदायत थी। पत्थर अथवा कोई भी वस्तु दृश्य में अथवा पात्रों के ऊपर नहीं फेंकी जा सकती थी। इसके खिलाफ सख्त नियम और इन्तजाम थे। चलते हुए देखिए और आगे बढ़िए। फिर उसने आश्वस्त किया, "आप चिन्ता न करें, मेरी कमेंट्री आवश्यकतानुसार चलती रहेगी।"

पहले कदम पर ही सूर्यास्त का अनुपम दृश्य था और कुल दो कदम बाद देखा कि चमकते सूर्य के नीचे एक आदमी इत्मीनान से एक दूसरे आदमी का गला रेत रहा है। उसके आसपास चमकदार रंगीन प्लास्टिक के झोले लिये बीस–पच्चीस लोग लाइन में खड़े हैं। क्षणभंगुर ने बताया कि दरअसल यह दृश्य आपके समय से बहुत आगे का है और 'इस समय' में पशु नहीं काटे जाते। आदमियों को, खास तौर पर बेरोजगार या आत्महत्या के इच्छुक गरीब लोगों को ही, पशुओं से प्रतिस्थापित कर दिया गया है। प्रार्थना पर भी यह दया–मृत्यु प्रदान की जाती है। इससे समाज में सन्तुलन बना रहता है। चोरी, डकैती, लूट–पाट की घटनाएँ भी कम हो जाती हैं। लोग ताजा मांस के लिए लाइन में खड़े हैं। इस कालखंड में अनुशासन और नागरिक–आचार देखने

लायक है। कितनी भी भीड़ क्यों न हो, लोग पंक्तिबद्ध ही रहेंगे। आठ-दस कदम के बाद ही दिखाई दिया कि हाथी पर एक छह-सात बरस का बालक मुकुट धारण किए बैठा है और उसके पीछे-पीछे सैकड़ों लोग आधुनिक पोशाकों में जुलूस बनाकर चल रहे हैं। क्षणभंगुर ने बताया कि इस दृश्य में हम 3098 ईसवी में हैं। हाथी पर बैठे बालक के पूर्वज सात पीढ़ी पहले राजा थे और जुलूस में शामिल लोग, जो इस देश के ख्यात बुद्धिजीवी, प्रशासनिक उच्च अधिकारी, वैज्ञानिक एवं समाजसेवी हैं, इस बच्चे को प्रधानमन्त्री बनाने के लिए रैली निकाल रहे हैं। उनका अनुभवी तर्क है कि सामन्ती अवधारणा ही लोकतान्त्रिक-प्रणाली को बचा सकती है। इसके लिए वे संविधान में आवश्यक संशोधन चाहते हैं।

अगले ही पल अनेक ऐसे दृश्य देखे जो यों तो एक-दूसरे के विरोधाभासी थे लेकिन समय को अधिक तीक्ष्णता से प्रतिबिम्बित करते थे। बल्कि हमारे समकाल का हमें पुनःस्मरण भी कराते थे। अचानक ही देखा कि मैं एक व्यस्त चौंसठ लेन के हाईवे पर हूँ। कंक्रीट की सड़कें चमचमा रही हैं और नवीनतम मॉडल्स की कारें, मिनी ट्रक और लक्जरी कोच हाइवे से गुजर रहे हैं। उन्हीं के बीच अनाज से भरी दस-बारह बैलगाड़ियाँ चली जा रही हैं। क्षणभंगुर ने बताया कि इन बैलगाड़ियों को चलाने वालों का और लक्जरी कोच में बैठे आदमियों का समय अलग-अलग है। ये कहने को एक ही समय में पैदा हुए हैं लेकिन उनका जीवन समय के अलग चक्रों में बीत रहा है। इसे यों भी समझ सकते हैं कि ज्यादातर लोग अंडों और लार्वा की स्टेज पर हैं। कुछ प्यूपा की स्टेज पर। बहुत थोड़े लोग हैं जो तितलियाँ और मधुमक्खियाँ बन चुके हैं। अगले ही क्षण हम एक हाइटेक दुकान में थे जहाँ कम्प्यूटर की 'सैन्टेनीअल सीरीज' के चौथे जेनरेशन के मॉडल आए थे। डिस्प्ले के लिए कम्प्यूटर काँच के सुन्दर स्टैंड्स पर रखे जा रहे थे और एक आदमी दुकान के कोने में रखे विशाल गणपति के आगे धूप-बत्ती जलाने के बाद, प्रत्येक कम्प्यूटर पर साँतिया माँड़ रहा था। "यहाँ दुकानदार दरअसल व्यक्ति रूप में एक प्राचीन समय का प्रतिनिधित्व करता है लेकिन यह तकनीक नवीनतम है। वह अपने कम्प्यूटर, साँतिए माँड़कर ही बेचता है। इस मार्केट का वह लीडर और विशेषज्ञ है।" क्षणभंगुर ने स्पष्ट किया।

अब हमें चीजों, लोगों, स्थानों और उनका 'समय' खुद-ब-खुद काफी

कुछ स्पष्ट होने लगा था। देखा कि अगले कदम पर हल्का प्रकाश है और एक ढाबे के सामने पड़ी खटिया पर प्रभावशाली दिखनेवाला दिव्य पुरुष एक नवयुवती को, इत्मीनान से अपना पुरुषार्थ दिखा रहा है। छह-सात ट्रक-ड्राइवर निर्विकार भाव से आसपास की खटियों पर बैठकर खाना खा रहे हैं। ट्रक ड्राइवरों के पास समय नहीं है, उन्हें बहुत दूर जाना है और ढाबेवाले का यह समय दुकानदारी का है, इस समय को वह किसी अन्य काम में नष्ट नहीं कर सकता। वैसे भी वह दुकानदार है, समाजसेवी या मानवाधिकार आयोग का सदस्य नहीं। सड़क से गुजरते वाहनों में बैठे लोगों के पास तो मरने तक का समय नहीं है। क्षणभंगुर ने प्रत्येक दर्शक को एक-एक 'वमन-थैली', चौराहे पर आदमी का गला रेते जाने के दृश्य के समय ही इस आशंका में दे दी थी कि जो लोग अपने समय से ठीक तरह साक्षात्कार नहीं कर पाते हैं, ऐसे दर्शक-पर्यटकों को वमन हो सकता है। कुछ लोगों ने उस थैली का उपयोग कर भी लिया था। एक दर्शक ने अपनी 'वमन थैली' बलात्कारी पुरुष पर फेंकने का प्रयास किया लेकिन तत्क्षण उसे एक सुरक्षा गार्ड ने पकड़ लिया और 'भूल-भुलैया' आगे देखने के लिए अयोग्य दर्शक करार देते हुए उसे बाहर भेज दिया गया।

भूल-भुलैया में एक सौ बीस डिग्री का मोड़ आया। अब हम एक खुशनुमा सुबह के साथ विशाल सब्जी-मंडी में थे। भारी भीड़ थी। सभी लोग सब्जी के साथ-साथ शेयर्स खरीद-बेच रहे थे। क्रेडिट-डेबिट कार्ड्स और अल्ट्रा एटीएम कार्ड्स के जरिए सटासट भुगतान और प्राप्तियाँ चल रही थीं। तीन-चार दुकानों के अन्तराल पर इलेक्ट्रॉनिक काउंटर बने हुए थे। हर सब्जी की दुकान पर दस-बीस भिखारी बने ही रहते थे जो गिड़गिड़ाकर या गाना गाकर और कोई-कोई तुरही या गिटार बजाकर भीख माँगते थे। आखिर वे आलू, प्याज, टमाटर, परवल या लुढ़कती जा रही किसी कम्पनी के शेयर लेकर ही वहाँ से हटते। एक तरफ थोक-दुकानदार चमचमाते शो-रूमों में बैठे हुए थे और वहाँ बड़े-बड़े होटलों, ईवेंट केटरर्स की ओर से आए कर्मचारी और नगर के श्रेष्ठिजन सब्जियाँ खरीद रहे थे। वहीं, करीब ही एक गन्दी गली में कुछ बूढ़े-अधेड़ आदमी और स्त्रियाँ थोड़ी-बहुत सब्जियाँ अपने आगे, बोरी के फट्टों पर सजाकर आवाज लगा रहे थे लेकिन उनकी आवाज से सिर्फ उन जैसे ही कुछ लोग वहाँ पहुँचते थे। और रुपये दो रुपये के लिए भारी मोल-भाव करते थे।

सबका अलग-अलग समय था लेकिन दुर्भाग्य से वे एक ही समय में पैदा हो गए थे और पूरे दृश्य को घालमेल से भर रहे थे।

चैन की साँस ले पाते उससे पहले ही, ढाबे के सामने का पुरुषार्थी, एक पंडाल में विशाल सभा को उपदेश देते हुए दिखा। हजारों लोग झूम-झूमकर उसे सुन रहे थे। पार्श्व में उत्तेजक संगीत बज रहा था। महिलाओं की भारी भीड़ थी और वे उसके चरणों में धन-धान्य-आभूषण अर्पित कर रही थीं। कुछ लोट-पोट हुई जा रही थीं। क्षणभंगुर ने ज्ञान दिया, "हर कार्य के लिए एक समय होता है। एक ही व्यक्ति को अलग-अलग समय में पृथक दायित्व निबाहने होते हैं। इस उत्तरदायित्व से बचा नहीं जा सकता।" पंडाल के पास में ही चाय के ठेले पर तमाम लोगों के साथ दो-तीन अन्तरिक्ष यात्री भी खड़े हुए चुस्कियाँ ले रहे थे और बता रहे थे कि अन्तरिक्ष की कॉलोनियों में भी धार्मिक वातावरण बन चला है। नए तीर्थ बन रहे हैं। प्रवचनों और तीर्थों के लिए अब इतना लम्बा सफर करके यहाँ तक नहीं आना पड़ेगा। अनेक लोग तो अफोर्ड ही नहीं कर पाते।

यहाँ से गुजरने के बाद फिर बेहद आम-फहम दृश्यों की भरमार थी जिसमें न्यायाधीश न्यायालयों में, मुलजिमों के सामने निरुपाय बैठे थे। बस्तियाँ जलाई जा रही थीं और खुले-आम लूट की जा रही थी। अस्पतालों में न खून था और न डॉक्टर। रोगियों की आयु पूर्ण हो गई थी और अब उनके मरने का समय था। उस तरफ दंगे-फसाद चल रहे थे क्योंकि जनता के सामने फैसलाकुन समय आ गया था। लोग आइसक्रीम, चाट और मिठाई के माइक्रोप्लास्टिक से निर्मित दोने फेंक रहे थे जिन पर किनारे खड़ी भारी भीड़, एक-दूसरे को कुचलती हुई झपटती थी। एक स्त्री को अनेक आदमी बेंत से पीट रहे थे और वह किसी त्योहार की तैयारी करती हुई, चन्द्रोदय के समय की चिन्ता में चलनी खोज रही थी। क्षणभंगुर ने बताया कि "यह समय ही ऐसा है कि आदमियों को पति, बेटा, नौकर, मालिक, हँसोड़ और दुर्दान्त पात्रों के अभिनय करने पड़ते हैं। स्त्रियों-बच्चों के जिम्मे भी समयानुसार तरह-तरह के काम हैं। वे ये सब न करें तो इस समय में जीवित नहीं रह सकते।"

ऐसे सामान्य-से दृश्यों का कहाँ तक विवरण दिया जाए! कितनी भी दिलचस्पी हो, उन्हें पूरी तरह स्मृति में रखना लगभग नामुमकिन है। फिर क्षणभंगुर ने कुछ गलियाँ और जगहें दिखाईं जहाँ हमने देखा कि गोधूलि के

धुँधलके में सेक्स वर्कर, सांसद-विधायक, कम्पनियों के प्रबन्ध निदेशक, समाजसेवी, सेनानायक, न्यायाधीश, लेखक, वैज्ञानिक और विचारक एक साथ खड़े हुए अपने ग्राहकों का इन्तजार कर रहे हैं। उनके हाथों में अपने-अपने पेशे के समर्थन में, पिछले समय के महापुरुषों की तस्वीरें थीं। कुछ ने तो अपने 'विजिटिंग मैग्नेटिक कार्ड' पर ही वे तस्वीरें स्कैन करा ली थीं। इंटरस्पेसनेट के जरिये भी वे एक-दूसरे से सम्पर्क में बने रहते थे। बाईं तरफ मुड़ते ही विशाल स्क्रीन दिखा जिस पर इलेक्ट्रॉनिक मीडिया विराजमान था और हजारों चैनल्स एक साथ प्रागैतिहासिक काल, पाषाण युग से लेकर ताम्रयुग, मध्यकाल और उत्तर अतिआधुनिक युग तक की यात्रा का प्रसारण एक साथ कर रहे थे। तमाम देशों के नक्शे लगातार टूट रहे थे और वे दूसरे देशों में विलीन होते जाते थे। नई खोज की तरह कैपशन आ रहा था, "विश्व रक्षामन्त्री भी सहमत हैं कि रासायनिक हथियारों से ज्यादा कारगर, दो मीटर रस्सी का टुकड़ा है, जिससे किसी भी विश्व-शत्रु को बीच चौराहे पर समुचित सजा दी जा सकती है।" क्षणभंगुर ने हँसते हुए कहा, "यह समय का विभ्रम है और उसकी समय के भीतर समयातीत व्याख्या है।"

फिर पाँच सौ पृष्ठों का एक अखबार दिखा जिसके मुखपृष्ठ को देखकर 'समकालीन अनावश्यक समय' की जानकारी मिलती थी। दूसरा-तीसरा पृष्ठ पढ़ते हुए पाठकगण यौन और योग क्रियाएँ एक साथ सीख सकते थे। सातवें पृष्ठ तक पहुँचते हुए वातावरण धार्मिक और श्रद्धापूर्ण हो गया था। शेष पृष्ठों पर अखबार से जुड़े मालिकों और निदेशकों की तस्वीरें, सुन्दरियों, खिलाड़ियों, माफियाओं और उद्योगपतियों के साथ थीं और खेल समाचार थे। मुझे इन सबमें बिलकुल भी सुख नहीं मिला। यह सब देखने के लिए 'भूल-भुलैया' में आने की क्या जरूरत है! मन की बात ताड़कर जवाब क्षणभंगुर ने दिया, "यह एक अन्तराल है ताकि आप समय के बीहड़ में कहीं फँसे ही न रह जाएँ।" उस कोलाहल के बाद एक विशेष दुकान हमें दिखाई गई जहाँ खुले-आम यूरेनियम, ब्राउन शुगर और चूहों-कॉकरोचों-मच्छरों को मारने की दवाएँ बेची जा रही थीं। नागरिकता-कार्ड, पासपोर्ट, मोबाइल नम्बर या यू आई डी दिखाकर ये चीजें बाआसानी कोई भी खरीद सकता था। लेकिन जाहिर है कि दर्शक कुछ भी नहीं खरीद सकते थे।

अगले चरण में ऐसा प्रतीत हुआ मानो हमें किसी विशाल शहर के ऊपर,

आकाश में खड़ा कर दिया गया हो। हमने एक आधुनिक यन्त्र के सहारे, तीस सेकेंड में, पूरे दिन भर का समय बिताया। लोग सुबह पाँच बजे घरों से निकलते थे और बसों, ट्रेनों, कारों, दुपहिया वाहनों में लदे-फँदे चले जाते। कुछ लोग सड़कों पर दौड़ लगा देते लेकिन वे चींटियों की चाल से ही चल पाते। उनका पूरा समय इसी तरह की भाग-दौड़ में निकल जाता। और करीब ही पचास मील दूर के गाँव के सारे मर्द, घरों में बैठकर हुक्का जैसा कुछ गुड़गुड़ाते। वे कहते कि हम समय को गुड़गुड़ा रहे हैं। उनकी औरतें-बच्चे सूखे खेतों में या पास बने कारखानों के पिछवाड़े न जाने क्या खोजते-बीनते। साफ दिखता था कि पचास मील की दूरी का समय, दो शताब्दी की इकाई की दूरी में बदल गया था। करीब के ही एक छोटे-से जंगल में गिने-चुने पेड़ों के तनों से कुछ लोग गोंद जैसी कोई चीज निकालकर खा रहे थे। बच्चे इल्लियाँ और महुए खोजते थे। यहाँ तक आते-आते दिमाग में चीजें अँट नहीं पा रही थीं। समय की भूल-भुलैया में घूमते हुए चक्कर आने लगे थे। क्षणभंगुर ने कहा कि आप लोग जरूर अब तक थक गए हैं इसलिए मैं आपको बाहर लिये चलता हूँ लेकिन आखिर में एक दृश्य तो आपको देखना ही चाहिए।

जरा-सा मुड़ते ही हमने देखा कि पूरे संसार का नक्शा हमारे सामने फैल गया है। सारे देश, जैसे किसी फिल्म के लिए शूट किए गए दृश्य में जीवन्त और वास्तविक से दिख रहे हैं। अभी तक देखे गए तमाम लोग, घटनाएँ, सड़कें, गलियाँ, जंगल, वाहन, दुकानें, पंडाल, अल्ट्रा एटीएम काउंटर, कारखाने, चाट के दोने, हाथी-घोड़े, प्रतिमाएँ, चौराहे, अस्पताल, न्यायालय, कम्प्यूटर, अखबार, चैनल सब अत्यन्त तीव्र गति से एक देश से दूसरे देशों में चले जा रहे हैं। आपस में गड्ड-मड्ड होते हुए घुल-मिल रहे हैं। समझना कठिन है कि आखिर कौन-सी घटना या कौन-सा व्यक्ति किस देश या जगह का है! सैकड़ों घड़ियों के पैंड्लम लगातार दोलन कर रहे थे, इलेक्ट्रॉनिक घड़ियों में अंक तेजी से बदल रहे थे और संसार भर के अलग-अलग समय एकमएक हो रहे थे। मैंने ऐसा विजुअल प्रभाव फिर कभी नहीं देखा। यकायक दृश्य गायब हो गए और क्षणभंगुर के हिलते हुए हाथ को देखा ही था कि हम एक झटके से भूल-भुलैया से बाहर आ गए।

अब हमारे सामने 'समय की भूल-भुलैया' के ऊपर बना हुआ पार्क था। अपनी दुनिया और अपने समय की प्राणवायु फेफड़ों में खींचते हुए सभी दर्शक

पार्क में इधर-उधर बिखर गए। मैं दूब पर औंधा लेट गया। शायद दो-तीन घंटे लेटा रहा। मुझे पेट-दर्द था या उबकाई आई थी। काफी समय गुजर गया होगा कि एक सिपाही ने मेरी पसली में डंडा खोंसते हुए कहा, "जनाब! यहाँ से जाइए, पार्क बन्द होने का समय हो गया है।" आश्चर्यजनक भूल-भुलैया का ऐसा असर था कि कुछ दिनों बाद ही मैं प्रकृतिस्थ हो पाया और धीरे-धीरे वापस अपने समकालीन जीवन में रम गया। लेकिन उस भूल-भुलैया की स्मृति मुझे आज भी गजब के चक्कर, विस्मय और मुश्किल में डाल देती है।

पर्यटक होना भी मुश्किलों का और पागलपन का पुलिन्दा हो जाना है। इतना तो आप अब तक समझ ही गए होंगे। पर्यटक अपने आपको असाधारण समझते हैं और शेष दुनिया उन्हें असामान्य मानती है। यह बात मैं जानता हूँ लेकिन मुझे लगा कि ये कुछ ऐसे आश्चर्य हैं जिनकी जानकारी, जिनका वृतान्त आप तक पहुँचाने में मुझे भी उस आनन्द का कुछ हिस्सा पुनः प्राप्त हो सकेगा, जो इन जगहों पर घूमते हुए हुआ था। फिर बेहतरीन दृश्यों, जगहों और अनुभवों का प्रचार-प्रसार, पर्यटक के नाते मेरा धर्म भी है।

मेरी तरह आप भी सांसारिक व्याधियों और विपन्नता में फँसे हुए हैं लेकिन फिर भी मैं कहूँगा कि आप थोड़ा-सा समय, कुछ पैसा और उत्साह लेकर 'संसार के आश्चर्यों' की यात्रा जरूर करें। जितनी जगहों पर जाना मुमकिन हो, उतना ही सही। सम्भव है कि आप भी किसी नए आश्चर्य के अनुसन्धानक, वाहक और प्रचारक बन जाएँ क्योंकि प्रत्येक आश्चर्य, देखनेवाले की निगाह और अनुभव से भी तो कुछ अधिक विस्मयकारी होता चला जाता है। यही पर्यटक दृष्टि उन्हें नित नवीन और आकर्षक बनाए रखती है। वरना ऐसा क्या है जो इस जमाने में पुस्तकों या नेट पर मौजूद नहीं है। लेकिन मनुष्य की स्मृति, दुस्साहस, उत्कंठा, पागलपन, रोमांच और उसकी व्यग्रता ही तो है जो जमाने से चुनौती रहित है।

एक दिन मन्ना डे

छियासी बरस के मन्ना डे उस दिन शहर में आए थे। जीवनकाल में ही अमर हो चुके अपने अनेक गीतों को गाने के लिए। कार्यक्रम का ज्यादा प्रचार नहीं हुआ लेकिन धीरे-धीरे खबर फैलती गई कि मन्ना डे शहर में आज गाना गाएँगे। आमन्त्रण-पत्र से प्रवेश था। फिर भी रवीन्द्र भवन पूरा भर चुका था। सीढ़ियों पर, गैलरी में, रास्ते में लोग बैठे हुए थे या खड़े थे। सब उम्मीद कर रहे थे कि मन्ना डे इस उमर में भी कम से कम चार-छह गीत तो गाएँगे ही। लेकिन उन्होंने लगभग ढाई घंटे तक गाया और पच्चीस-तीस गीत गाए। सब लोगों ने नोस्टेल्जिक अनुभूतियों के साथ, खुशी जताते हुए, तालियाँ बजाते हुए उन्हें सुना। मुझे भी बड़ा सुख मिला। मन्ना डे जैसे बड़े पार्श्व गायक को सीधे सुनने का आनन्द और सन्तोष हुआ।

रात नौ बजे कार्यक्रम समाप्ति के बाद, भीड़ के साथ सीढ़ियाँ उतरते हुए मुझे 'प्रसाधन' लिखा देखकर ख्याल आया कि इस बीच फारिग हो लूँ। भीड़ भी छँट जाएगी और तब आराम से निकल सकूँगा। मैं जाकर खड़ा हुआ ही था कि बगल में एक आदमी कुछ निढाल-सा, थके कदमों से आया और पेशाब करने लगा। मैंने उसकी तरफ देखा, वह रुआँसा हो रहा था। निगाह मिलने पर वह कुछ सकपका गया और नजर चुराने लगा। मैंने पूछा, "आपको कैसे लगे मन्ना डे? उनकी आवाज से लगता नहीं है कि वह छियासी साल के हैं?"

यकायक वह आदमी रोने लगा। मैं घबरा गया। मुझे लगा कि शायद मैंने कुछ गलत बात कह दी। वह एक बाँह से आँसू पोंछने लगा। मैंने सोचा कि उसे ढाढस बँधाना चाहिए। जिप खींचकर मैं एक तरफ खड़ा हो गया कि जब यह इधर आए तो सान्त्वना के कुछ शब्द कहूँ। मैं खुद को कहीं न कहीं

अपराधी समझ रहा था। वह जैसे ही पलटा मैंने कहा, ''माफ करें, शायद मैंने कुछ ऐसी बात पूछ ली जो आपको अच्छी नहीं लगी।''

''नहीं भाई, आपकी बात से कुछ नहीं हुआ। मुझे तो पहले से ही रोना आ रहा था।'' उसने भर्राई आवाज में कहा।

मुझे आश्वस्ति हुई कि चलो, मेरी वजह से इसे कुछ नहीं हुआ।

''जैसे ही आपने कहा कि लगता नहीं वे छियासी के हैं, मैं अपने आँसू रोक नहीं पाया।''

''इसमें ऐसा क्या कह दिया मैंने?''

''अब क्या बताऊँ आपको! इस उमर में, इतनी बुलन्द आवाज में, पूरे पक्के सुरों में उनके गाने सुनते हुए दरअसल मुझे यह ख्याल सताने लगा कि एक दिन मन्ना डे...।'' वह कुछ कहते-कहते रुक गया।

''एक दिन मन्ना डे, क्या? क्या मतलब?''

''अरे भाई, मुझे अचानक यह ख्याल आया कि एक दिन मन्ना डे इस दुनिया में नहीं रहेंगे। तब से यह कुविचार मेरा पीछा कर रहा है। मैं इससे पीछा नहीं छुड़ा पा रहा हूँ।''

मुझे समझ नहीं आया कि इस भले आदमी से आखिर क्या कहूँ। इसकी बात पर हँस दूँ, इसे समझाऊँ या टालकर चल दूँ। उस आदमी की मुद्रा गम्भीर थी। वह किसी गहरी तकलीफ में दिख रहा था। मैंने विषयान्तर करने के लिए एक तरह से उसका ध्यान बाँटने के लिए कहा, ''चलिए नीचे चलते हैं, रेस्त्राँ में चाय पीते हैं। आपकी पैंट की जिप खुली है।'' आखिरी वाक्य मैंने इस तरह कहा कि उसे बुरा न लगे। उसने अनमने मन से जिप खींची और बोला, ''ठीक है, आप भी चाय पीना चाहते हैं तो चलिए।''

हम रेस्त्राँ के एक शान्त कोने की टेबल की तरफ गए। वह अभी तक संयत नहीं हुआ था।

''देखिए, आप यह मत समझिए कि मन्ना डे के लिए मैं ऐसा सोच रहा हूँ। बल्कि यह सोचना मुझ पर कितना भारी पड़ रहा है, मैं ही जानता हूँ।''

''अब कुछ तो मैं भी जानता हूँ।'' मैंने मुस्कराते हुए कहा। लेकिन उस पर इस परिहास का कोई प्रभाव नहीं पड़ा।

''लगता है आप इस बात पर भावुक हो गए हैं, कुछ हद तक डिप्रैशन

में आ गए हैं।'' कहते हुए मैंने सोचा कि शायद सहानुभूति से ही इस आदमी को उबारा जा सकता है।

घटनाक्रम ऐसा बनता गया कि मुझे इस अतिनाटकीयता में रुचि हो गई या कहूँ कि एक तरह से मैं फँस गया। और अब घर जाने की बजाय यहाँ इस आदमी के साथ, जिसका नाम तक नहीं जानता, दो चाय का ऑर्डर देने के बाद बैठा हुआ था। मेरा कमरा पास में ही, पाँच मिनट की पैदल दूरी पर था। वह अभी भी गम्भीर और उदास था। इस स्थिति में किसी औपचारिक परिचय के लेन-देन की गुंजाइश नहीं निकल रही थी।

''जब उन्होंने गाया 'फुलगेंदवा न मारो', मैं मारे खुशी के झूम उठा। क्या तान थी, क्या उठान और इतनी गहरी, साफ-सुथरी आवाज कि कभी रेडियो या टेप पर न सुनी थी। इतनी उमर के बावजूद एक भी सुर गलत नहीं लगाया। और भाई, इसी दौरान मुझे यह दुष्ट ख्याल आ गया कि एक दिन मन्ना डे नहीं रहेंगे। इतना नायाब गायक हमारे बीच नहीं रहेगा, यह आवाज, यह गायकी नहीं रहेगी। इसकी वजह से मेरी यह खुशी गायब हो गई है कि मैंने मन्ना डे को सुना।'' उसने धीरे-धीरे, भरे हुए गले से कहा।

''यह तो होगा ही। एक दिन हम सब नहीं रहेंगे। पहले भी महान कलाकार हुए हैं और आखिर उनकी भी उम्र पूरी हुई। यह कितनी खुशी की बात है कि मन्ना डे आज और अभी हमारे बीच हैं। दुआ है कि वे शतायु हों।'' मैंने टेबल पर रखे उसके हाथ को छूकर कहा। सोचा कि स्पर्श उसे राहत दे सकेगा।

वह खामोश रहा।

''एक बार मैंने भी कुमार गन्धर्व को सुनते हुए और बचपन में मुकेश का कोई गाना सुनते हुए सोचा था कि काश, ये लोग कभी न मरें। यह विचार जीवन में अपने प्रिय कलाकार को लेकर कभी न कभी सबके मन में आता ही है। लेकिन इसे लेकर इतना व्यथित होने की कोई बात नहीं है।'' मैंने उसे इस तरह भी दिलासा देने का प्रयास किया।

''मैं जानता हूँ। मगर अभी कुछ समझ नहीं पा रहा हूँ। मैं तो उनके गाने के बीच में उठकर, चीखकर कहनेवाला था कि मन्ना, अब मत गाओ, नजर लग जाएगी। मगर मन का लोभ तो यही था कि वे गाते जाएँ, बस, गाते जाएँ। और उसी बीच यह विचार जड़ जमाता चला गया कि चार साल बाद मन्ना डे नब्बे के हो जाएँगे। और आखिर एक दिन, सात साल बाद या दस साल बाद...।''

उसने खुद को रोने से रोका। इस तरह कि पास खड़े वेटर का ध्यान भी हमारी तरफ आकर्षित हो गया। मैंने वेटर को हाथ के इशारे से जताया कि कोई ऐसी-वैसी बात नहीं, दोस्तों के बीच की ही कोई छोटी-मोटी बात है।

मैंने सोचा कि कहीं इस आदमी ने ज्यादा शराब तो नहीं पी है। और इस वजह से ही यह अति भावुकता का शिकार हो गया है! तब तो इसे समझाना, इसके साथ वक्त बिताना बेकार है। मैं भी किस प्रपंच में पड़ गया। आखिर मैंने पूछ ही लिया, "क्या आपने आज कुछ पी ली है?" वह टेबल पर दोहरा होते हुए मेरे पास अपना मुँह ले आया और गहरी साँस चेहरे पर छोड़ते हुए बोला, "लो, सूँघ लो। मैंने पिछले दस बरस से शराब नहीं पी।"

मुझे पसीने की और उसके मुँह की मिली-जुली तीखी, खट्टी गन्ध का अहसास हुआ।

"सॉरी! मुझे इस तरह नहीं पूछना चाहिए था। लेकिन आपको इतना सेन्टिमेन्टल देखकर लगा कि...।"

"कोई बात नहीं। मुझे भी अपना मुँह आपके मुँह पर इस तरह नहीं लाना था लेकिन आपकी बात पर मुझे कुछ गुस्सा आ गया। हालाँकि मैं समझ सकता हूँ कि आप भले आदमी हैं और मन्ना डे को प्यार करते हैं। वरना मेरे रोने से, मेरे दुख से आप क्यों अपना रिश्ता जोड़ते!"

"आप इस तरह से किसलिए दुखी हो रहे हैं? मन्ना डे की आवाज, उनके गाये गीत धरोहर के रूप में हमारे पास, हमारी यादों में हमेशा रहेंगे। अब तो सी.डी., डी.वी.डी. तमाम सॉफ्टवेयर्स जैसी चीजें भी हैं और कितनी म्यूजिक कम्पनियाँ हैं जो मन्ना डे को ही नहीं बल्कि तमाम महान गायकों को हमारे लिए, आनेवाले लोगों के लिए बचाकर रखेंगी।"

"खाक बचाकर रखेंगी। जरा खोजकर देखें। पुराने गीत ढूँढ़ने में पसीने आ जाते हैं। और मेरी चिन्ता तो यह भी है कि डेढ़ सौ साल बाद, दो सौ साल बाद मन्ना डे की आवाज कैसे सुन पाएँगे।"

मुझे हँसी आ गई।

"अरे भाई, तीस-चालीस साल बाद तो हम दोनों ही नहीं रहेंगे, डेढ़ सौ-दो सौ साल बाद की परवाह आप क्यों कर रहे हैं!"

"आप नहीं समझ सकते। मुझे लग रहा था कि शायद आप कुछ समझेंगे। कोई नहीं समझ सकता। ओह! मैं मन्ना डे को सुनने आया ही क्यों? इस तरह

उन्हें साक्षात् सुनना, जिसे यहाँ सुनकर लगा कि कोई कम्पनी आज तक उनकी आवाज ठीक से दर्ज ही नहीं कर पाई, उस आवाज को सुनना! मैंने यह खुला खजाना देखा ही क्यों? काश! कोई मुझसे कह दे कि मन्ना डे हमारे बीच इसी तरह बने रहेंगे, इसी आवाज के साथ।'' वह फिर बहक गया।

शायद उसे नर्वस ब्रेकडाउन जैसा कुछ हो गया था। मैं चुप रहा।

कुछ देर बाद उसने धीरे-से अपनी आँखों को मला। वेटर ने चाय सर्व कर दी। संक्षिप्त शान्ति में हम चाय पीते रहे। चाय जैसे ही खत्म हुई, वेटर बिल रख गया। उसने तुरन्त बिल अपने कब्जे में लिया।

''बिल इधर दीजिए। पैसे मैं दूँगा, चाय पीने का प्रस्ताव मेरा था।'' मैंने कहा।

''नहीं, पैसे मैं ही दूँगा। वरना बाद में मुझे ऐसा लगेगा कि मैं कुछ नर्वस था, दुख में था, इसलिए सहानुभूति में आपने मुझे चाय पिला दी। यह ख्याल मुझे फिर परेशान करेगा।''

अजीब तर्क था। उसने पन्द्रह रुपये दिए। बारह चाय के और तीन टिप मानकर।

हम बाहर निकल आए। उसने बताया कि पेड़ के नीचे, उधर अँधेरे कोने में उसका स्कूटर खड़ा है। ''अब आपको ठीक लग रहा है न!'' मैंने पूछा।

''हाँ। मैं शायद ज्यादा ही भावुक हूँ। मगर सच मानिए जरूरत पड़ने पर मन्ना डे को मैं अपना खून, अपनी किडनी, अपना लिवर तक दे सकता हूँ। लेकिन मन्ना डे को यह बात मालूम होनी चाहिए ताकि वक्त-जरूरत आने पर वे किसी तरह का संकोच न करें। मुझे लगता है कि मैं मर जाऊँ, बल्कि हममें से बहुत से लोग मर जाएँ और मन्ना डे बच जाएँ तो सब ठीक हो जाएगा।'' वह बाढ़ के पानी में लकड़ी के पटिये की तरह बहने लगा।

''हाँ, मन्ना डे के लिए तो कोई भी, कुछ भी कर सकता है।'' मैंने उसे शान्त करने की नीयत से कहा।

''आप भी कैसी बात करते हैं! इतने गायक, इतने कलाकार भूख से, गरीबी से, बीमारी से, उपेक्षा से मर गए, किसी ने कुछ किया? मैंने तक नहीं किया। वक्त आने पर आदमी अपने माँ-बाप तक के लिए कुछ नहीं करता। कलाकार, वैज्ञानिक बन्द कमरों में सड़ जाते हैं। क्या आप नहीं जानते? मन्ना डे के लिए ही अभी कौन क्या कर रहा है? लेकिन अब उनके लिए मैं कुछ भी, सच में कुछ भी करना चाहता हूँ।''

वह फिर किसी गहरी घाटी में उतर गया।

जानबूझकर मैं चुप रहा कि बात बढ़ाने से इस आदमी का मानसिक उत्ताप बढ़ता ही जाएगा। स्कूटर के पास जाकर वह अचानक पलटा और करीब आकर कन्धे पर हाथ रखकर बोला, "आपको क्या लगता है, आयोजकों ने मन्ना जी को दो-तीन लाख रुपये भी दिए होंगे?"

"नहीं, मुझे इसका अन्दाजा नहीं।" मैंने कुछ घबराहट में और कुछ उसे दूर हटाने के भाव से जवाब दिया।

"मैं समझता हूँ, नहीं दिए होंगे। जबकि हर फालतू जगह पैसा पानी की तरह बहाया जाता है। खैर, मन्ना डे को इससे क्या फर्क पड़ता है! मेरी तो बस एक ही तमन्ना है कि मन्ना डे को कभी कुछ न हो!"

"जरूर। ऐसा ही होगा। आपकी दुआ काम आएगी।"

"लेकिन मैं जानता हूँ। आप भी जानते हैं कि एक दिन मन्ना डे...। ओफ्फो! यह ख्याल मेरी जान लेकर ही मानेगा।" निराशा में उसने अपनी उँगलियों को चटकाया।

"अरे भाई, आपका नाम क्या है? आप क्या करते हैं? कहाँ रहते हैं?" मैंने एक साथ सवाल पूछे ताकि परिचय भी हो जाए और उसका ध्यान भी इस बात से हट जाए, जिस पर वह बार-बार अटक जाता है।

"आपकी गाड़ी कहाँ है?" बदले में उसने पूछा। मैंने बताया कि यहीं पास में रहता हूँ, पैदल आया हूँ, पैदल जाऊँगा।

"नहीं, मैं आपको छोड़ूँगा।" इस पर मैंने आग्रहपूर्वक समझाया कि दरअसल मेरा कमरा एकदम करीब है, यह सामने कॉलोनी में। पैदल लायक ही दूरी है।

तब उसने स्कूटर स्टार्ट किया और बोला, "आप मुझे इसी रूप में जानें कि मैंने एक दिन मन्ना डे को सुना। मेरी यही पहचान काफी है। और देखो, अब मैं मुस्करा सकता हूँ।"

उसके लहराते स्कूटर को दो पल मैं देखता रहा। सोचा, अजीब पागल आदमी से पाला पड़ा था। उससे छूटकर मुझे एक तरह की राहत भरी खुशी का अनुभव हुआ।

कमरे का ताला खोलकर भीतर घुसते हुए मैं मन्ना डे के गानों की पंक्तियाँ गुनगुनाने लगा। मन्ना डे की आवाज और गीतों का जादू तो मुझ पर भी था। इस

घटनाक्रम के बाद अब मैं इस बेहतरीन, मन्ना डे की आवाज से भरी शाम की स्मृति में अपनी तरह से वापस जाना चाहता था। बेसिन पर हाथ धोकर मैंने टिफिन उठाया। टिफिन खोलने के पहले अलमारी में से खोजकर मन्ना डे के गानों का कैसेट निकाला, उसे 'टू इन वन' पर लगाया। फिर टिफिन खोलकर खाना खाने बैठ गया। "हँसने की चाह ने, कितना मुझे रुलाया है...।"

मन्ना डे की आवाज गूँजती रही।

अचानक ही मुझे रुलाई आ गई। मैंने खुद को बहुत रोका। मगर बेकार। मुझसे फिर खाना भी नहीं खाया गया।

मैं वहीं बिस्तर पर लेट गया। बत्ती बुझा दी।

मुझे रह-रहकर वह आदमी याद आने लगा और उसका ख्याल कि एक दिन मन्ना डे...। मैंने उस रात में पहली बार, उस ख्याल की मारक बेचैनी को महसूस किया।

रो लेना भी एक दवा है। स्वस्थ आदमी ही इस तरह रो सकता है। कमरे के अँधेरे में ऐसा सोचते हुए मैंने खुद को सान्त्वना देने की कोशिश की।

बस, एक कौआ

मैं अपनी इच्छाओं का दास हूँ। यही मेरी सर्वोत्तम परम्परा है।

इन इच्छाओं की विशेषता है कि ये रोज जन्म लेती हैं और इनमें से भी अधिकतर इतनी नाकुछ कि किसी भले आदमी को उनकी उपेक्षा कर देना चाहिए। मगर जैसा कि आप भी जानते ही हैं, इच्छाएँ अपनी उपेक्षा से अक्सर उग्र रूप में आ जाती हैं और तानाशाही करने लगती हैं। उन्हें बहलाना भी आसान नहीं होता, उनके चरित्र में खास तरह की जिद और वयस्क वासना शामिल होती है। कुछ इच्छाएँ ऐसी भी होती हैं कि आपके साथ आपके कमरे की दीवार के पोस्टर में, आपकी नींद में, सपनों में, आपके आमाशय में और आपकी याददाश्त में रहने लगती हैं। कुछ आक्रामक होती हैं और उनकी आक्रामकता किसी तरह खत्म नहीं होती। वे आपको वश में कर सकती हैं। उन्हीं में से कुछ हैं जो समझौता कर लेती हैं लेकिन वे इन्तजार करती हैं। उनमें अपार धीरज और आशा होती है। वे अपनी विनम्रता में भी जिद बचाए रखती हैं। उनका गायब हो जाना भी धोखादेह होता है।

और कई बार एक इच्छा मामूली बात भर होती है। लगभग ऐसी, जैसे मैं आपको बताऊँ कि कल रात मुझे देर रात चाय पीने की इच्छा हुई। फिर वह तलब में बदल गई। नींद और थकान आपस में गुत्थगुत्था थीं। इच्छा पर नींद भारी पड़ गई। लेकिन चाय पीने की इच्छा खत्म नहीं हुई। फिर आखिर मुझे नींद में से उठना पड़ा और रसोई में जाकर चाय बनाई, इत्मीनान से पी, फिर सो गया। सुबह उठकर देखा कि रसोई में रात को चाय बनाकर पीने के कोई निशान नहीं थे। सब कुछ साफ-सुथरा था। पतीली, कप, चाय की चलनी, प्लेट सब अपनी जगह पर थे। जबकि मुझे अच्छी तरह याद है कि मैंने चाय बनाकर पी थी। कप, प्लेट बेसिन में रख दिए थे और चलनी को यों ही पतीली

में पटक दिया था। तो क्या वाकई मैंने रात में चाय नहीं पी! लगता है, मुझे नींद में या सपने में चाय पीने का अनुभव हुआ। लेकिन यह बात इतनी विलक्षण और अविश्वसनीय लगती रही कि मैं दिन भर विचार करता रहा। मित्रों से इसका जिक्र किया और कहा कि देखो, यह कितना विचित्र घटनाक्रम मेरे साथ हुआ। सुबह-सुबह तो दोस्तों ने इस बात पर कुछ ध्यान दिया और समझाया कि ऐसा हो जाता है। मन पर कई तरह के प्रभाव और निशान होते हैं। जो इच्छाएँ अधूरी रह जाती हैं वे सपनों में ही पूरी होती हैं। दिमाग भी कई तरह की बातें सोच लेता है। लेकिन शाम होते-होते दोस्त भी चिढ़ गए और बोले तुम भी नाकुछ बात की कहानी बनाए दे रहे हो।

इच्छाओं की कहानियाँ दरअसल ऐसी ही कुछ हो सकती हैं।

इतवार का दिन था। सुबह दस-ग्यारह बजे किसी गाने से या सुबह के खालीपन से या किसी उदास स्मृति से मुझे याद आया कि मैंने कई महीनों से कौआ नहीं देखा। धीरे-धीरे कौआ देखने की इच्छा बलवती होने लगी। फिर वह बेचैनी में बदल गई। मैंने खिड़की में से बाहर बरामदे की तरफ झाँका। आस-पास के पूरे दृश्य का मुआयना किया। सामने के दोनों पेड़ों को भी देखा। तमाम खोजबीन के बाद भी मुझे कौआ नहीं दिखा। जाहिर है कि कौआ देखने की इच्छा ने मुझे और ज्यादा परेशान करना शुरू कर दिया। आखिर, मैं कपड़े बदलकर, जूते पहनकर बाहर निकल आया। कौआ देखने की इच्छा ने मुझे पूरी तरह अपने कब्जे में ले लिया।

माँ बताती है कि मैं बचपन में कौओं से डरता था। लेकिन बाद में, उन्हें देखकर किलकारियाँ भरने लगा, उन्हें पकड़ने के लिए लपकने लगा। पितृपक्ष के दिनों में कौओं की प्रतीक्षा, उनका भोज, सम्मान और जीवन में उनकी उपस्थिति के नए-नए रूपों से भी परिचय हुआ। लेकिन जैसा कि होता है, बड़ा होते-होते दिलचस्पियाँ दूसरी चीजों में, पक्षियों में, जीव-जन्तुओं में, खेलों में, लड़कियों में, किस्से-कहानियों में, शायरी में, तारों में और न जाने किन-किन चीजों में होती चली गईं। कौए दिखते थे और मैं उन्हें किसी पुराने, धुँधले प्रेम की तरह देखता था। आँगन में मैं कुछ खा रहा हूँ, कोई न कोई कौआ आ जाएगा और इस तरह मँडराता रहेगा मानो ताक में है। यदि मैं नहीं दूँगा तो छीन लेगा। यह ढीठता मुझे किंचित डराती थी और खुश भी करती थी। कविताओं में, उपदेशपरक कहानियों में, मुहावरों में, अन्धविश्वासों में और

लोकगीतों में उनकी पैठ थी। लेकिन फिर ऐसा भी अक्सर होने लगा कि उन पर ध्यान नहीं जाता था। वे दिखते थे और जीवन अपनी साधारणता में चलता रहा। लेकिन जीवन में किसी दिन कौआ देखने की इच्छा मुझे इस कदर व्यग्र करेगी, यह मेरी कल्पना से परे था। मैं बता दूँ कि कौए मुझे कभी सुन्दर नहीं लगे। उनकी कुछ छवियाँ जरूर मुझे, सुन्दर या कहूँ कि आकर्षक लगती रहीं। गर्दन मोड़कर इधर-उधर देखना। अपने पंख खुजलाना। फुदकना। अपने पक्षीपन में कुछ दूर तक उड़ना। दरअसल, वे जीवन में शामिल हो गए थे। काँव-काँव की कर्कशता दिनचर्या में इस कदर शरीक थी कि वह आस-पास की तमाम आम आवाजों में से एक लगती थी। उससे कभी-कभी खीझ होती थी लेकिन वैसी नहीं जैसी बर्तन पटकने या धातु को अनावश्यक पीटने पर पैदा हुई कर्कशता से होती है। कौए आसपास हैं, इससे कुछ अजीब तरह की आश्वस्ति होती थी, जैसे सब कुछ अपनी जगह ठीक-ठाक है।

मेरी उम्र 14-15 साल की रही होगी, तब की एक घटना अक्सर याद आती है। मैं साइकिल से बाजार जा रहा था, देखा कि मेरी ही उम्र का एक लड़का, नेहरू पार्क के पास बनी गुमटी में दुबका बैठा था। उसके हाथ में गुलेल थी। वह घबराया हुआ था और डर के मारे उसकी घिग्घी बँधी हुई थी। उसके चारों तरफ, पार्क में अनगिन कौओं की फौज इकट्ठा थी। उनकी काँव-काँव से आस-पास का पूरा वातावरण भर गया था। उन कर्कश आवाजों में कौओं का गुस्सा साफ सुनाई पड़ता था। हुआ यह कि उस बच्चे ने एक कौए को मार गिराया था, उस मरे पड़े कौए को अनेक कौओं ने घेर लिया था। और अब इतने सारे कौए इकट्ठा होकर उस हत्यारे को खोजना चाह रहे थे। जाने-अनजाने उन्होंने बच्चे का जैसे घेराव कर लिया था। आते-जाते लोगों की उत्सुक भीड़ इकट्ठा होती। पूरा माजरा जानकर लोग इधर-उधर हो जाते। बच्चा जैसे-तैसे गुलेल फेंककर बचकर निकल भागा। कौए देर तक अपने शोक को, काँव-काँव और पंखों की फड़फड़हाट से जताते रहे। मैं खुद इस घटना से डर गया था और धीरे-से अपनी साइकिल पर सवार होकर भाग निकला। तीन-चार साल बाद संयोगवश उसी पार्क के पास एक आदमी को किसी गुंडे ने दिन-दहाड़े छुरा घोंप दिया। लेकिन आस-पास के सारे आदमी तितर-बितर हो गए और शोहदा आराम से गायब हो गया। आखिर पुलिस के आते-आते वह आदमी तड़पकर मर गया। उस आदमी की लाश तक के पास

जाने से लोग डर रहे थे। बाद में लोग उस गुंडे की शिनाख्त करने में या घटना का विवरण देने में भी आनाकानी कर रहे थे। कुछ आदमी जो इस हत्या के दर्शक रहे थे, कसम उठाकर कह रहे थे कि वे वहाँ थे ही नहीं या यह कि वे अपने काम में मशगूल थे और उन्होंने सचमुच ही कुछ नहीं देखा।

तब से मेरे मन में कौओं के प्रति दिलचस्पी और एक तरह का आदर बन गया। फिर जैसा कि आप जानते ही हैं कि कौओं का हमारे जीवन में इतना आना-जाना रहा है कि उनकी उपस्थिति सहज बनी रही। मुझे आश्चर्य तो बस यही है, कोफ्त भी इसी बात पर हो रही है कि ऐसा क्योंकर हुआ कि कौए मेरे शहर के न जाने किस कोने में चले गए और मैंने ध्यान ही नहीं दिया। क्या मैं जीवन से जुड़ी चीजों के प्रति इतना लापरवाह हो गया हूँ! या अपनी ही काँव-काँव में इतना घिर गया हूँ कि अब भूल गया हूँ कि कौए को आखिरी बार कब देखा था। और आज अचानक जब मैं कौए को बस, देख भर लेना चाहता हूँ तो कौआ दिख नहीं रहा है। ओ मेरे काकभुशुण्ड! तुम कहाँ छिप गए हो! थककर मैंने सोचा।

लगभग तीन घंटों में, पैदल ही मैं अपने शहर का चक्कर लगाने में समर्थ हूँ। मुझे घूमते हुए तीन-चार घंटे हो चुके हैं। इस बीच कहाँ नहीं गया? पार्क, छावनी के पेड़ों की तरफ, सर्किट हाउस के झुरमुट में, उधर पुराने बाग में, बन्द हो गई मिल की तरफ, स्कूल और कॉलेज के आस-पास। यहाँ हमेशा ही कौए दिखते रहे हैं। आखिर मैं कॉलेज के पास की पुलिया पर बैठ गया। अचानक ध्यान आया कि कुछ महीने पहले बियर पीते हुए मुझे 'रेस्टरॉन्ट कम बार' की खिड़की में से कौए दिखे थे। इस बात को कुछ अरसा गुजर गया था। लेकिन वहाँ, वहाँ मैंने कौओं को देखा था। मैं तुरन्त रिक्शा करके उस बियर बार में पहुँच गया। बार में इक्का-दुक्का लोग थे। उसी खिड़की के पास की टेबल खाली थी। मैं लपककर उस टेबल की तरफ बढ़ा। लेकिन यह सोचकर कि मेरी तेज चाल से नाहक लोगों का ध्यान खिंचेगा, धीरे-धीरे चलकर इत्मीनान से कुर्सी पर बैठा मानो मैं यहाँ कौआ देखने नहीं, बियर पीने ही आया हूँ। खिड़की अधखुली थी। मैंने पास आते हुए वेटर को इशारा किया कि खिड़की के पल्लड़ों को पूरा खोल दे और पर्दा हटा दे। उसने कहा, "सर! इधर कुछ देर बाद धूप आ जाएगी।"

"कोई बात नहीं, पर्दा हटा दो, खिड़की पूरी खोल दो और बियर से

पहले एक गिलास पानी लाओ।'' मैंने उसे आदेश दिया। खिड़की से बाहर टैरस दिखता था। कुछ समय पहले मैंने वहीं दो-चार कौओं को फुदकते देखा था। मुझे बखूबी याद है।

निर्विकार होने का अभिनय करते हुए मैं उम्मीद और बेचैनी में खिड़की से बाहर देखने लगा। डेढ़-दो घंटे में धीरे-धीरे बियर खतम की। लेकिन कौए नहीं दिखे। गुटरगूँ की आवाज पर वेटर ने बताया कि कूलर रखने की जगह, जिसे प्लाइवुड लगाकर बन्द कर दिया है, वहाँ कबूतरों ने घर बना लिया है। कबूतर देखे जा सकते थे और कबूतर मुझे पसन्द हैं। लेकिन मैं एक कौआ देखना चाहता था। बियर ने मेरी कौआ देखने की इच्छा को और गाढ़ा कर दिया था। मैं बुझे मन के साथ बार से उठकर बाहर आया। अब कहाँ जाऊँ? बाहर निकलकर मैंने वापस रिक्शा किया और उसी पुलिया पर जाकर बैठ गया। सोचने लगा कि दिखने होंगे तो कौए यहीं दिखेंगे। भटकने की भी हद है।

कुछ वक्त गुजर गया। अचानक मेरी पीठ पर एक हाथ आया। चौंककर देखा तो महेश था। ''अरे, महेश तुम यहाँ कैसे?'' उसे वहाँ पाकर सचमुच ही मुझे अचरज हुआ। शाम के पाँच बज रहे होंगे। वह शहर के दूसरे कोने में रहता था। उसने पलटकर पूछा, ''तुम इस समय यहाँ क्या कर रहे हो?'' किसी बेख्याली में या मूर्खता में मेरे मुँह से निकल गया, ''कौए देखने की कोशिश कर रहा हूँ।''

''तो यहाँ क्यों बैठे हो? शहर में अन्दर जाओ, सब तरफ कौए ही कौए भरे पड़े हैं।'' उसका जवाब सुनकर मुझे उसके मजाक का और अपनी मूर्खता का अन्दाजा हुआ। मैंने हँसकर बात को टाल दिया और उससे दूसरे विषयों पर बातें करता रहा। कहा कि यों ही इतवार के दिन कभी-कभी इधर आ जाता हूँ।

शाम ढल रही थी। पक्षी घर लौट रहे थे। मुझे लगा कि अब कौए दिख सकते हैं। पास ही जो कुछ पुराने पेड़ हैं, मैं उस तरफ चल दिया कि मुमकिन है कौए उस तरफ आएँ। अँधेरा घिर आया। कौए नहीं दिखे। मैं अपनी निराशा और उदासी के साथ वापस पुलिया पर लौट आया। हताशा में मैंने अपने चेहरे को हथेलियों के बीच ले लिया। नहीं, मैं ऐसा कोई कमजोर आदमी नहीं हूँ और भावनाओं को काफी हद तक नियन्त्रण में रख लेता हूँ। लेकिन एकदम

उदासी छा गई। क्या पता कौआ न दिखने पर या अपनी असफलता पर कि मैं एक कौए को भी नहीं खोज सका। इस इच्छा के वशीभूत मैं यहाँ तक सोचने लगा कि संसार से अब मुझे कुछ नहीं चाहिए। बस, एक कौआ देखने को मिल जाए। मेरे पास सब कुछ है, कहीं कोई अभाव नहीं है। धन-धान्य है। घर-परिवार है। हर तरफ सुख है। ट्यूबवेल तक है। भरा-पूरा संसार है। मित्र हैं, रिश्तेदार हैं, खाने-पीने-रहने में ऐसी कोई कमी नहीं है कि मुश्किल हो। अब कोई इच्छा है तो महज यही कि कहीं एक कौआ दिख जाए। कौए मेरी दुनिया से इस तरह अचानक तो गायब नहीं हो सकते।

थक-हारकर मैं घर वापस आ गया। अपने कमरे में घुसकर, जूते एक तरफ फेंककर निढाल गिर गया। पत्नी पीछे-पीछे एक गिलास पानी लेकर आई और पूछने लगी कि बिना बताए दिन भर कहाँ थे। मेरी हालत से शायद उसे लग रहा था कि मैं नौकरी के सिलसिले में परेशान हूँ। मैंने उसे आश्वस्त किया कि चिन्ता जैसी कोई बात नहीं, मैं यों ही घूमता-फिरता रहा। पुराने दोस्तों से मिलने-जुलने में दिन बीत गया। सॉरी, तुम्हें बता नहीं पाया। वह आश्वस्त नहीं हुई लेकिन चली गई। अपने कमरे में मैंने खुद को असहाय, नाकाम और अकेला महसूस किया।

अच्छी तरह समझ रहा था कि मैं कौआ न देख पाने की निराशा के कोटर में जाकर गिर गया हूँ। मुझे इस अदम्य इच्छा ने और इच्छा पूरी न हो पाने के अवसाद ने घेर लिया था। आखिर खुद को धिक्कारते हुए मैंने सोचा कि यह किस बेवकूफी में उलझ गया हूँ। कौए नहीं दिखे तो नहीं दिखे। एक कौए के न होने से भला जीवन में क्या कमी आ जाएगी। खुश होने की कोशिश करते हुए मैंने पत्नी को आवाज देकर कहा, ''रश्मि! आज कोफ्ते बनाओ। और अभी चाय पिलाओ।'' पत्नी को जरूर ही मेरी इस भंगिमा और आवाज की तेजी से राहत मिली होगी। अन्यथा मेरा मूड खराब है, सोचकर वह भी बुझी-बुझी बनी रहती।

कोफ्ते अच्छे बने थे। खाना खाते हुए मैंने टेलीविजन पर 'हँसी का खजाना' लोकप्रिय सीरियल देखा। इस तरह मैं प्रसन्न होता रहा और अपनी फालतू इच्छाओं को परे धकेलते रहनेवाली दिनचर्या को वापस पाने की कोशिश करता रहा। इससे यह हुआ कि उस दरम्यान कौआ देखने की मेरी तलब कुछ कम हो गई। लेकिन सोते समय मुझे कौओं का ध्यान फिर आ गया। पूरे दिन

की घटनाओं और अन्ततः असफलता के भाव ने मुझे जकड़ लिया। उबरने के लिए मैं अपने को दूसरी चिन्ताओं में खपाने लगा। काफी कोशिश के बाद आखिर मुझे नींद आ गई।

सुबह चाय पीते हुए मैंने याद किया कि सपने में भी मुझे कौए नहीं दिखे। अब मैं विश्वास कर सकता हूँ कि कौए मेरे सपनों से भी बाहर हो गए हैं।

आर्ट गैलरी

दोपहर बाद अचानक तेज बारिश आ गई। यह संयोग था कि उस समय मैं कला-भवन के बगल से गुजर रहा था। अन्यथा आस-पास दूर तक कोई जगह ऐसी नहीं थी कि बारिश से बचा जा सकता। मैंने तुरन्त ही मोटर-साइकिल स्टैंड पर लगाई और छोटा-सा चौगान पार करता हुआ, कला-भवन के बरामदे में पहुँच गया। वहीं खड़े होकर, रूमाल से सिर और चेहरा पोंछते हुए मैंने बारिश का नजारा लेना शुरू किया। क्या बारिश हो रही थी! झमाझम। बाल-बाल बच गया वरना आज तरबतर हो जाता। बारिश को देखो तो लगता था कि जल्दी रुकेगी नहीं।

पाँच-सात मिनट बाद अपनी बाईं तरफ ध्यान दिया, बगल की गैलरी में चित्र प्रदर्शनी लगी थी। बरामदे में से ही तीन-चार चित्र नजर आते थे। कला-भवन के सामने से हजारों बार गुजरना हुआ है लेकिन चित्र देखने का मौका और समय नहीं मिला। सचाई यह थी कि आधुनिक चित्रकला समझ से बाहर थी, यद्यपि अनेक बार उत्सुकता भी हुई।

गैलरी के दरवाजे पर दाढ़ीवाला एक अधेड़, हाथ बाँधकर अन्यमनस्क भाव से बारिश देख रहा था। मैंने सोचा, आज पेंटिंग्स देखी जाएँ। मैं आगे बढ़ा तो वह दाढ़ीवाला उत्साह में, या हो सकता है औपचारिकता में ही, मुस्कराया। मैंने हाथ मिलाते हुए पूछा, ''ये चित्र आपके हैं ?''

उसने कुछ शरमाते हुए जैसे मेरा स्वागत किया। हाथ के इशारे से अन्दर आने को प्रोत्साहित करते हुए बोला, ''हाँ, आइए देखिए!'' फिर रुककर जैसे बुदबुदाया, ''सोचता था आज शनिवार है इसलिए काफी लोग प्रदर्शनी देखने आएँगे लेकिन बारिश ने तय कर दिया है कि शायद अब कोई नहीं आ सकेगा।''

''इसी बारिश ने तय किया है कि मैं आपके चित्र देखूँ।'' मैंने जवाब दिया तो वह फिर मुस्कराया। उसकी मुस्कराहट दाढ़ी में खिलकर उभरती थी और उसे कुछ पारदर्शी बनाती थी।

''मेरा नाम पंकज है।''

''मैं असगर हूँ।'' उसने गर्मजोशी से कहा। उसकी पुतलियाँ लगातार घूमती थीं।

इस तरह मैं उसके चित्रों के पास चला गया।

''आप मेरे साथ रहना पसन्द करेंगे ? मैं इन चित्रों को आपके साथ देखना चाहूँगा।'' मैंने अनुरोध किया।

''हाँ, जरूर। मुझे भी अच्छा लगेगा। आप चित्र देखेंगे, मैं आपका चेहरा देखूँगा। इस तरह मुझे भी अपनी पेंटिंग्स के बारे में नया कुछ पता चलता रहेगा।''

''लेकिन...।'' मैंने कुछ झिझकते हुए कहा, ''मैं आपका साथ इसलिए चाहता हूँ कि आप मुझे इन पेंटिंग्स के बारे में बताते रहें। दरअसल, मुझे मॉडर्न पेंटिंग पूरी तरह समझ में नहीं आती।''

वह जवाब में मुझे नई निगाह से देखने लगा।

''सच मानिए, मैं इन्हें समझना चाहता हूँ। मेरी मदद कीजिए।'' मैंने इसरार किया।

बारिश ने हर चीज को नम बना दिया था। शायद इसी वजह से वह फिर मुस्कराया।

''चलिए कोशिश करता हूँ। लेकिन आप जान लें कि कुछ चीजों को, खासतौर पर कला को, समझाया नहीं जा सकता। समझने का काम आदमी को खुद ही करना पड़ता है। इसके लिए कोई दूसरा आदमी काम पर नहीं लगाया जा सकता। संसार में अनेक चीजें इसी तरह की होती हैं, जैसे संगीत सुनना, सूर्योदय देखना...। सब अलग-अलग तरह से सुनते-देखते हैं, समझते हैं।''

''हाँ, हाँ। मैं समझ रहा हूँ। मगर आप मेरी सहायता कीजिए। आप यहाँ हैं तो इस मौके का फायदा मुझे मिलना चाहिए।''

वह मेरे साथ दो कदम चला और कोनेवाली, पहली पेंटिंग के सामने खड़ा हो गया। ''मैं फिर कह दूँ कि समझाने से ज्यादा बेहूदा और भटकानेवाला काम कोई नहीं है।'' वह ठिठक-सा गया। मैंने उसकी तरफ फिर निवेदन भरी दृष्टि डाली।

उस पेंटिंग पर, जिसके सामने हम दोनों खड़े हो गए थे, पीला रंग वर्तुलाकार तरीके से ब्रश के स्ट्रोक्स के साथ पुता हुआ था। परिधि पर एक-दो जगह काला रंग भी लगाया गया था। चित्र को एकाध मिनट तक देखने के बाद मैंने उसकी तरफ अवश और पराजित भाव से देखा।

''देखिए मुझे डर है कि इन पेंटिंग्स की व्याख्या करूँगा तो जो आप अपनी तरह से समझ सकते हैं, उस पर भी बिजली गिर जाएगी।''

''आप कुछ भी बताएँ, कहें, मुझे मदद ही मिलेगी। इस मामले में मेरी समझ का स्तर काफी कम है। लेकिन मेरी रुचि है, आप यकीन कीजिए।'' मैंने अपना अहं भाव एक तरफ रखकर उससे जैसे चिरौरी की।

''आप अपनी भाषा में, अपनी तरह से कहें।'' मैंने उसे चुप देखकर, रास्ता सुझाने की कोशिश की।

''हाँ, यह बेहतर होगा।'' वह मुस्कराया नहीं बल्कि किंचित गम्भीर हो गया। फिर थोड़ा रुककर बोला, ''इस पेंटिंग को बनाते समय दरअसल, मैं पीले रंग को समझने की कोशिश कर रहा था। तीन पूरे दिन मैंने इस काम को दिए।''

''लेकिन, यह दो जगह काला रंग क्यों?''

''इसलिए कि पीले को समझ सकूँ। पीले के सम्मुख कोई रंग रहे। काला न लगाता तो पीला निरा पीला रह जाता। यह पीला जो पतझर में गिरे अशोक के सूखे पत्तों की तरह होता है, ठीक यही पीला, मेरे मन में चक्कर खा रहा था।''

''मगर पीले के सामने काला ही क्यों, नीला या लाल क्यों नहीं?''

''इसका भला क्या उत्तर हो सकता है! मुमकिन है कोई दूसरा चित्रकार नीला या लाल रंग लगा देता। मेरे लिए काला रंग अपनी तरह का तानाशाह है जिसमें एक उदारता भी है। वह अपनी उपस्थिति जोरदार तरीके से बनाए रखता है लेकिन दूसरे को खत्म नहीं करता। केवल चुनौती देता है जिसकी आप उपेक्षा नहीं कर सकते।''

''इसे आप कोई नाम या शीर्षक देना चाहेंगे।''

''जरूरत नहीं है। लेकिन कहना चाहूँ तो, 'खुशी'। इस पेंटिंग को बनाने के बाद भी मैं अशान्त बना रहा था। मगर कुछ हद तक प्रसन्न भी हुआ। आप ध्यान से देखेंगे तो इसमें आपको खुशी दिख सकती है। यदि आप चित्र में

दिखाना चाहते हैं तो 'खुशी' को रंग में ढालना पड़ता है। यह कठिन है, लेकिन काम है। यह चित्रकार के पीछे लग जाता है।''

''हूँ, हूँ।'' मैंने जैसे कुछ समझ लिया हो।

''मुमकिन है आपको इसमें खुशी न भी दिखे। आपके लिए प्रसन्नता का रंग कोई और हो सकता है।''

''हाँ, ठीक कह रहे हैं। बहुत अच्छा चित्र है।'' अब मैंने समझ लेने का अच्छा अभिनय किया।

दूसरी पेंटिंग में कत्थई रंग की सुरंग जैसी आकृति थी, जो किसी दूसरी गहरी सुरंग में विलीन हो रही थी और अपने सुदूर किनारे पर एकदम अन्धी थी। ''यह मुझे समझ में आ रहा है।'' मैंने आत्मविश्वास से कहा, ''यह सुरंग है, एक और सुरंग में खत्म होती हुई। इसमें बहुत अँधेरा है।''

''हूँ, ऐसा भी कह सकते हैं। मेरे लिए यह हमारा वक्त है। हम अपने समय के अन्तरिक्ष में हैं। सिरे पर आपको जो अँधेरा दिख रहा है, वह सिरा मुख्य जगहों से इतनी दूरी पर है कि हमारी दृष्टि वहाँ तक नहीं पहुँच पा रही है। सच तो यह है कि अभी वहाँ प्रकाश नहीं पहुँचा है।''

''अच्छा!'' मुझे अपनी अक्ल पर शायद कुछ दुख हुआ।

''लेकिन यह भी हो सकता है कि यह सिर्फ मेरा कोई सपना भर हो,'' उसने कहना जारी रखा, ''जो मैंने बचपन में कई बार देखा था। जब मैं छाती पर हाथ रखकर सो जाता था। अक्सर उस सपने में कोई मेरा पीछा करता था। मैं बदहवास भागता था, इतना कि सामने दिख रही सुरंग में घुस जाता था। लेकिन हर बार सुरंग खत्म हो जाती थी। आखिर निचाट अँधेरे में मैं पस्त हो जाता था।''

उसकी बात तो पूरी तरह नहीं पकड़ पाया लेकिन चित्र मुझे अच्छा लगा।

कोने में यह चित्र पिलर के पास में था। ढह रही किसी मीनार के आकार का। इसमें अनेक रंग लगे हुए थे। चटख रंग। जैसे यह रंगों की मीनार थी जो ढह रही थी। जगमगाते लाल, नीले, हरे, पीले और सफेद रंगों की छटा बिखर गई थी। इन सबके बीच एकाध ब्रश भूरे, मूँगिया और स्लेटी रंग का भी था लेकिन कुल मिलाकर रंगों की आभा उभरकर आती थी। मैं रीझ गया। मैंने सिर्फ इतना ही कहा, ''कितना सुन्दर चित्र है। मैं नहीं कह सकता कि यह रंगों की मीनार है या कुछ और। लेकिन सुन्दर है।''

"इतना समझना काफी है।" उसने मुदित होकर कहा। "चित्र में किसी वस्तु की, किसी आदमी की या किसी दृश्य की ठीक-ठीक माँग करना, दरअसल उसकी तस्वीर खींचने की माँग करना है। आपने कितनी अच्छी बात कही कि मैं बता नहीं सकता यह क्या है, लेकिन सुन्दर है।"

"हाँ, अब मैं कुछ करीब पहुँच रहा हूँ शायद! यह मीनार न हो तब भी कितनी खूबसूरत है।"

"देखिए मैं झील को झील, शेर को शेर और मेज को मेज बनाने के लिए रंगों को खराब नहीं कर सकता। यह काम कोई कैमरामैन बेहतर ढंग से कर लेगा और रंगों को खर्च किए बिना। पेंटर को हर क्षण याद रखना होता है कि वह चित्रकार है, फोटोग्राफर नहीं। उसे कुर्सी में से एक और कुर्सी निकालना होगा, खँडहर में से एक और खँडहर, स्त्री में से एक और स्त्री, एक रंग में से एक और रंग।"

वह अपनी रौ में आ गया। मेरी दिलचस्पी ने उसे उत्साहित कर दिया था।

"सच कहूँ तो इस चित्र में मेरी इच्छाएँ हैं। रंग-बिरंगी। जो कभी भी अटूट नहीं रह पातीं। कोई स्याह अन्तराल, स्लेटी रात, अवसाद से भरा रंग उनके रास्ते में आता है। लेकिन इससे उनकी रौनक कम नहीं होती। वे ढहती हैं और बनती हैं। किसी कवि ने कहा भी है कि मैं ढहाता हूँ तो आप कहते हैं कि बनाता हूँ। इन इच्छाओं में ही मेरा होना है। ये ढह रही हैं लेकिन रोज बन रही हैं। प्रसन्न और चमकदार। अपने होने में मगन।"

मुझे इस चित्र में आकर्षण लगा। मैं कुछ देर तक उसे देखता रहा।

वह मेरे करीब ही रहा। मुझे देखता हुआ।

अगले दो चित्र भी कुछ इसी तरह के थे। उतने चमकदार नहीं। उसने बताया कि ये उसी सीरीज के कुछ काम हैं। उसके बाद के चित्र में एक आदमी का चेहरा बना हुआ था। कुछ अन्यमनस्कता से भरा।

"यह चारकोल से बनाया है। ये चित्र भी इच्छाओं के हैं। कई बार अनेक चित्र बनाने होते हैं, उस एक चित्र के लिए जो मन में तो बन जाता है लेकिन कैनवस पर नहीं बन पाता। कह सकते हैं कि ये वहाँ तक पहुँचने की यात्रा के चित्र हैं। यात्रा के रास्ते में जो कुछ मिला जैसे कोई पेड़, उस पर बैठी चिड़ियाँ,

झरबेरियाँ, पहाड़ और ढलती हुई साँझ। या कुछ पत्थर जो चाँदनी में अजीब तरह से चमकते हैं। या वे मनुष्य, जिनके चेहरों पर इच्छाओं के रंग नहीं दिखते, मैं उन सबको बनाता जाता हूँ।''

''वाह!'' मैंने उसके शब्दों की प्रशंसा की। उसने समझा होगा कि चित्रों की। उसे ऐसा लगा हो तो अच्छा है, मैंने सोचा।

यह छोटे कैनवस पर काम था। सिर्फ एक नीला धब्बा। आसपास नीले रंग के ही कुछ छींटे थे। उसका कुछ भी आशय समझ में नहीं आता था सिवाय इसके कि वहाँ नीले रंग का धब्बा था। उसने जैसे मेरी कठिनाई समझ ली। कहने लगा, ''जब मैं तीसरी कक्षा में पढ़ता था, मैंने अपने सहपाठी की कॉपी पर स्याही की दवात गिरा दी थी। जान-बूझकर। वह तब से मेरे दिमाग में बनी हुई है। नीले रंग का यह धब्बा मेरे पहले अपराध का धब्बा है।'' वह दीर्घा की छत की तरफ देख रहा था। फिर यकायक कहने लगा, ''इसमें कुछ लोगों को बचपन का उल्लास दिखता है।''

''वाकई, चित्र ऐसा कर सकते हैं।'' मैंने जोड़ा। क्योंकि मुझे वह नीला रंग चित्ताकर्षक लग रहा था।

दाईं तरफ की दीवार शुरू हो गई थी। पहले ही चित्र में खजूर की पत्तियों का बना, हाथ से झलनेवाला छोटा-सा पंखा बना था। दूसरे कोने में एक लड़की, जिसका चेहरा मुरझाया था लेकिन वक्ष और केश उभरकर दिख रहे थे। ऊपर दाईं तरफ कुएँ की जगत थी जिसमें रस्सी का एक सिरा कुएँ के भीतर था और बाकी पूरी रस्सी जगत पर पड़ी हुई थी। पृष्ठभूमि में हरा-पीला रंग था। ''यह चित्र अच्छा लग रहा है। इसे देखकर कुछ चीजें याद आती हैं।''

वह खुश हो गया। ''ठीक पहुँचे आप। यह चित्र उन चीजों के बारे में, उन लोगों के बारे में है, जो जीवन में से अचानक गायब हो जाते हैं और फिर आपको कभी नहीं मिलते। वे अब कभी हमें नहीं मिलेंगे।''

''मिल भी तो सकती हैं, ये सब चीजें। ये लोग। संयोगवश या कोशिश करने पर।''

''नहीं, कभी नहीं। हम उन्हें पहचान नहीं सकेंगे। उन तक पहुँच नहीं सकेंगे। हमारे उनके बीच का सम्बन्ध समाप्त हो चुका है। अब कुछ नहीं हो सकता। हमारी आयु के भीतर ही सघनतम रिश्तों की भी उम्र होती है। बीस साल, दस साल, तीन महीने, दो घंटे या दो मिनट। रास्ते रहते हैं, पुल फिर

कभी न बन सकने के लिए ढह जाते हैं। और फिर उस पार सब कुछ बदल जाता है, जैसा कि इस पार बदल गया होता है। हम एक गतिशील और बदलते हुए संसार में रहते हैं।'' वह कुछ उदास हो गया। उसकी आवाज में फुसफुसाहट भर गई।

''जो अक्सर चित्रों को देखते हैं, नियमित दर्शक हैं, चित्रकार हैं या समीक्षक हैं, क्या वे चित्रों को कुछ ज्यादा समझते हैं?'' मैंने वातावरण को बदलने का प्रयास किया।

''हमेशा ऐसा नहीं होता। चित्रों को समझने से ज्यादा उन्हें पहचानना होता है। उनमें खुद को या अपने ही किसी अनुभव को रख देना होता है। कला की समझ दुखों को, मुश्किलों को, मनुष्यों को, वृक्षों और कीड़ों को, शब्दों को, नदियों को, तारों को और आँसुओं को प्यार करने से आती है। जो प्यार नहीं कर सकते, वे कला को नहीं समझ सकते। वे अभिशप्त है कि खाएँ-पिएँ, मैथुन करें और मर जाएँ।'' कुछ कड़वाहट भी उसके लहजे में घुल गई।

''माफ करें, लेकिन प्यार करने से कला की समझ का सम्बन्ध भला क्या हो सकता है?''

''जिन चीजों को हम सचमुच प्यार करने लगते हैं तो वे हमें हर रूप में, हर रंग में समझ में आने लगती हैं। जैसे हमारे बच्चे आवाज बदलकर बोलते हैं, मुखौटे लगाकर आते हैं या स्वाँग कर रहे होते हैं, तब भी हम पहचान लेते हैं कि ये हमारे ही बच्चे हैं। जीवन की दूसरी चीजों के साथ भी ऐसा ही होता है, बशर्ते हम जीवन से प्यार करते हों। सच्चा प्यार करते हुए हम कभी धोखा नहीं खा सकते।'' कहते हुए उसने मेरी बाँह पकड़कर एक चित्र के सामने खड़ा कर दिया। जिसमें एक बच्चे के हाथ में किसी आदिवासी चेहरे का मुखौटा था।

''हम उन्हें पहचान लेते हैं। उनकी आवाज से, गन्ध से, उनके रंग से, कुलाँचों से और अबोधता से या चंचलता से। किसी भी चित्र में ऐसा कुछ नहीं होता जो प्रकृति में न हो, या जीवन में और हमारी कामनाओं में न हो।''

''मैं फिर माफी चाहूँगा यह पूछने के लिए कि कलाओं में, खासकर चित्रों में फिर जटिलता और अबूझपन क्यों शरीक हो जाता है। वे सीधे, सरल तो नहीं ही होते हैं।''

''आप कुछ हद तक सामान्य और सही बात कह रहे हैं। वह इसलिए कि चित्रों में सपनों का और विकलता का ही नहीं, और दूसरी इतनी चीजों का

प्रवेश हो जाता है कि देखने-समझनेवालों को भी वह यात्रा अपने भीतर करनी पड़ती है। रंगों की भी अपनी वासनाएँ और आकांक्षाएँ होती हैं, जो हर चित्रकार के साथ अपना रिश्ता बनाती हैं। फिर आपको स्मृतियों में, कल्पनाओं में भी जाना ही पड़ता है। जो सपनों की यात्राएँ नहीं कर सकते उनके लिए चित्र अबूझ हो जाते हैं। इसे आप उनकी नियति कह लें।'' वह तेज गति से बोला और हाँफने लगा।

''लेकिन मुझे तो ये चित्र काफी कुछ समझ में आ रहे हैं। लगता है मैं कुछ यात्राएँ कर सकता हूँ।'' मैंने किंचित मजाक किया। वह मुस्कराया। इसमें दोस्ताना लहजा शामिल था।

ठीक अगला चित्र मेरी समझ से बाहर था। उसमें एक कम्प्यूटर, एक रिक्शा, एक सुअर और एक मीनार समुद्र के बीचों-बीच थे और मछलियों की तरह तैरते दिखते थे। लगता है यह प्रलय का चित्र है या फिर समुद्र ही अपने किनारे की दुनिया का कोई सपना देख रहा है, मैंने मन ही मन सोचा और उसे अपना यह विचार बताया। वह फिर मुस्कराया, ''देखा, अब आपका दिमाग भी दौड़ने लगा। आपके और चित्र के बीच संवाद हो रहा है। आप यह सब देख रहे हैं या देख सकते हैं जो चित्रकार की तरह मैंने भी नहीं देखा या सोचा। इस तरह यह चित्र अपना नया जन्म ले रहा है। इसके नए संस्करण तैयार हो रहे हैं।'' मैंने इसे अपनी प्रशंसा मानकर राहत की साँस ली।

''जबकि इसे बनाते समय, मेरे जेहन में एक धर्मोपदेश था। मेरे घर में आनेवाले एक बुजुर्ग बार-बार कुछ उद्धृत करते हुए कहा करते थे कि सब कुछ पानी का बना हुआ है। पूरी कायनात पानी की है। मुझे एक सुबह लगा कि अपने चित्र में, यदि मैं उन सबको भी पानी में रख दूँ जो पानी में नहीं रहते हैं तो जरूर एक दिलचस्प चित्र बनेगा। पानी को पानी में मिलाना ही ठीक होगा। विचित्र विचार था मगर मैंने ऐसा ही पेंट कर दिया। विचित्रताओं में भी अनेक चित्र रह लेते हैं।''

''लेकिन यह बात जँचती नहीं कि आप बनाएँ कुछ और लोग समझें कुछ!''

''यह समझना ही तो कला से जुड़ना है। कला और गणित में फर्क है। कलाओं में एक जैसे उत्तर नहीं होते। वहाँ अलग-अलग जवाबों के साथ भी आप उत्तीर्ण हैं। कलाओं में सवाल होते हैं और आप अपने उत्तरों के साथ अपना जीवन

गुजार सकते हैं। या परेशान रह सकते हैं। दरअसल, कला विज्ञान की जननी है। कला ही है जहाँ से मनुष्य असम्भव सपने दर्ज करने की शुरुआत करता है। और फिर एक दिन इन सपनों को पा ही लेता है, जो नामुमकिन दिखते हैं।''

अगले चित्र में एक हरी टहनी, चौखाने की कमीज, लाल रिबन, ए क कुर्सी जिसके पायों पर सागौन के तने की उम्र के वलय थे और एक घड़ी थी जिसके काँटे लटक चुके थे। ये सब चीजें कुछ बाँके-तिरछे ढंग से बनी हुई थीं। ''तरह-तरह की इन चीजों का यहाँ क्या अर्थ हो सकता है?'' मैंने कुछ बेढंगेपन से पूछा। यह सोचते हुए कि आखिर हर चीज की हद होती है।

''यह उस उम्र की याद है जो बीत गई। लेकिन ये वे चीजें हैं जो अभी भी हमारे साथ हैं। यह खो देने और बने रहने को एक साथ व्यक्त करने की कोशिश है। यह भी कला का एक काम है।''

मुझे लगा कि इस आदमी के पास हर चित्र के लिए एक व्याख्या है, भले ही वह चित्र कुछ और कहता हो। लेकिन मैं चुप रहा क्योंकि तब यह कहेगा कि हाँ, ऐसा भी सोच सकते हैं।

अब मैं एक तितली के चित्र के सामने था। तितली काले रंग की थी लेकिन उसमें से सफेद रंग के चकत्तों का उजास फूटता था। परागकणों से लदा फूल, उसके भार से झुक गया था। मैंने कहा, ''यह तितली तो, लगता है कोई लड़की है।''

''शायद हो भी। मेरे लिए तो बस यह एक तितली है जो परागकणों को लगभग रौंद रही है।'' रुककर फिर बोला, ''लेकिन इस तरह एक मतलब लेना या देना बेकार की बात है। चित्रों को लेकर इतनी बातचीत करना, वास्तव में इन्हें उघाड़ना नहीं, इन्हें खरोंचना भी है। आप सोच रहे होंगे कि आपका काम आसान हो रहा है लेकिन यह वैसी ही आसानी है, जैसे मैं आपसे 'ध' धनुष का कहूँ और धकापेल के बारे में, धड़कन, धनिया, धब्बा या धूल के बारे में चुप्पी लगा लूँ। और सात सुरों में से एक 'ध' को लतिया दूँ।''

इसकी बातें भी कुछ कम चित्रकारी से नहीं भरी हैं। मैंने सोचा।

''आप तो लेखकों की तरह बातें करते हैं।''

''शायद। मैं लेखक ही बनना चाहता था। लेकिन इससे कुछ फर्क नहीं पड़ता कि आप लेखक हैं या चित्रकार या संगीतकार। दुनिया को अपनी तरह

से, नए सिरे से समझना ही पड़ता है। मुझे लगता है कलाएँ इसमें हमारी सहायता करती हैं।''

मैं गैलरी के आखिरी चित्र जो लैंडस्केप था, के सामने खड़ा था। इसमें हरा-भरा दृश्य था जिसके बीचों-बीच एक रास्ता था। यह रास्ता फर्न जैसे पौधों के पीछे जाकर गायब हो रहा था। दाहिने, नीचे कोने में बड़ा-सा पत्थर था। पत्ते हवा में लहराने की मुद्रा में थे। पास ही किसी पेड़ का मोटा तना था। यह ऐसा चित्र था जो सहज ही समझ में आता था और कभी देखे गए जंगलों के बरसाती हरे दृश्य की याद दिलाता था। मैंने उससे कहा कि मुझे पंचमढ़ी के रास्तों की याद आ रही है, खासकर जब आप पत्थरचट्टा की तरफ पैदल जाएँ। लेकिन वह तो निरा चित्रकार था। मुस्कराकर कहने लगा, ''मैं इस चित्र को देखते हुए हमेशा कल्पना करता हूँ कि इस नीले-साँवले पत्थर पर जाकर अभी बैठ जाऊँगा। और मुझे यह उम्मीद होती है कि इस गुम होती पगडंडी से अचानक कोई आदमी आता हुआ प्रकट हो जाएगा। यदि मुझे इतनी सम्भावना नहीं दिखती तो फिर मेरे लिए लैंडस्केप का कोई अर्थ नहीं।''

''हाँ, यह तो है।'' मैंने सहमति में सिर हिलाया मानो मेरे लिए भी लैंडस्केप का यही अर्थ हो।

बाहर दरवाजे की तरफ बढ़ते हुए मैंने पूछा, ''विषय विशेष पर भी आप चित्रों की शृंखला बनाते हैं क्या? ऐसी प्रदर्शनी जिसे आप कोई एक शीर्षक दे सकें।''

''हाँ। मुंबई में, जहाँगीर में 'स्मृतियाँ' शीर्षक से मैंने एक प्रदर्शनी की थी। उसके बचे हुए कुछ चित्र यहाँ आपने देखे हैं। 'संगीत' और 'विस्मृति' पर भी। लेकिन अब...।'' वह कुछ कहते-कहते रुक गया।

''लेकिन क्या? कुछ नया करने जा रहे हैं?''

''हाँ, मैं अब 'नरसंहार' शीर्षक से कुछ चित्र पेंट कर रहा हूँ।''

''नरसंहार!'' मैं चौंक गया। ''कला प्रदर्शनी के लिए यह कुछ अटपटा शीर्षक नहीं है?''

''आप विचार कीजिए। मुझे तो लग रहा है कि यह पूरा समय ही अटपटा है। हम सबको मारा जा रहा है। हर उस आदमी को जो अपनी बात कह रहा है और अकेला है। या चुप है और मुश्किल में है।''

''मैं कुछ समझा नहीं।''

''जल्दी ही यह काम लेकर आऊँगा। आप देख सकेंगे।''

दरवाजे के पास की टेबल पर एक रजिस्टर रखा था। उस पर बड़े अक्षरों में 'प्रतिक्रिया' लिखा था। उसमें 20-25 प्रतिक्रियाएँ दर्ज थीं। मुझे भी लिखना चाहिए। सोचकर मैंने लिखा, "आपने आज दोस्ताना वक्त दिया, आभारी हूँ। आपके चित्र और बातचीत मुझे हमेशा याद रहेगी। अगली प्रदर्शनी की प्रतीक्षा कर रहा हूँ। इन पेंटिंग्स के लिए बधाई!" इसके बाद मैंने अपना मोबाइल नम्बर लिख दिया। शायद मैं कुछ ज्यादा लिखना चाहता था। लेकिन मुझसे यह गड़बड़ी हमेशा हो जाती है।

बारिश लगभग बन्द हो चुकी थी। धुला हुआ चौगान सामने था और नीम की टहनियाँ दिखती थीं। आसमान का एक छोटा-सा हिस्सा बादलों से भरा था। लॉबी में एक टूटी कुर्सी और बोरी का टुकड़ा पड़ा था। पास में एक आदमी जमीन पर ही बैठकर बीड़ी पी रहा था, शायद कला-भवन का कोई कामगार रहा होगा। इस पूरे दृश्य को मैंने एक चित्र की तरह देखा।

बाहर निकला तो हल्की फुहार की परत चश्मे पर आई। उसमें से मुझे सीढ़ियाँ, सड़क और चहारदीवारी ऐसी दिखीं मानो वे धुँधली तस्वीरें हैं और पिघल रही हैं। जैसे वे मेरी सुदूर स्मृति में से आ रही हैं और अभी साकार हो जाना चाहती हैं।

एक आदमी तेज चाल से दृश्य को पार करता, फ्रेम से बाहर जा रहा था। बगल की सड़क से, पृष्ठभूमि में सायरन की आवाज सुनाई दे रही थी।

इन सबको भी आखिर एक दिन किसी न किसी चित्र का हिस्सा बन जाना है। मैंने सोचा।

मैं तुम्हारा कोई काम नहीं करना चाहता

जैसे इस दुनिया में अभी भी अनेक लोग हैं जो तुम्हारा काम करना चाहते हैं, उसी तरह मैं उन बहुत थोड़े-से लोगों में हूँ जो तुम्हारा कोई काम नहीं करना चाहते। तय मान लो कि उस अर्थ में मैं तुम्हारा कोई काम नहीं करूँगा, जिसे तुम 'कार्य' कहते हो और मेरी रोजी-रोटी कमाने से जोड़कर बताते हो। मैं अपनी इच्छा से इस दुनिया में रहना चाहता हूँ। तुम मुझे अपने किसी काम में नहीं लगा सकते। मैं इस बात के सख्त खिलाफ हो गया हूँ कि यह जीवन अपनी तरह से जीना छोड़कर किसी के आलतू-फालतू काम में लग जाऊँ। मुझे तुम यह बात बिलकुल नहीं समझा सकते कि कोई क्योंकर मुझे इस दुनिया में लाए, फिर अपने हिसाब से मेरा पालन-पोषण करे या न करे, अपने नजरिये से मुझे शिक्षा-दीक्षा दे या न दे और जैसे ही मैं सोचने-समझने लायक होऊँ तो मुझे किसी के भी काम में लगा दिया जाए। हालाँकि तुमने परिस्थितियाँ ही ऐसी बना दी हैं, इतनी मुसीबतें पैदा कर दी हैं और ऐसे तर्कों का निर्माण कर डाला है कि अच्छे-भले आदमी पर, युवा होते न होते और कई बार तो बचपन में ही इतना दबाव बन जाता है कि वह कोई ऐसा काम करे, जो दरअसल उसका काम है ही नहीं। यहाँ तक कि इसे तुमने समाज के संचालन, जीवन-यापन, योग्यता, जी.डी.पी. वगैरह से जोड़ दिया है। यों भी मेरे पास बिलकुल वक्त नहीं है। मैं आठ घंटे से ज्यादा कभी नहीं सोता। दो घंटे व्यायाम और टहलने में लगते हैं। दो घंटे आवश्यक दिनचर्या में। और दो घंटे खाने-पीने में। फिर मुझे वनस्पतियों, पानी के किनारों, आसमान-चाँद-सितारों से मिलना-जुलना पड़ता है। और अपने आस-पास के तमाम लोगों से। सुख-दुख में, गप्पबाजी में, नाचने-गाने में भी वक्त लगता है। इन सबके बाद बमुश्किल मेरे पास तीन-चार घंटे बचते हैं। जो मैंने बाँसुरी बजाने के लिए रख छोड़े हैं। कभी-कभी तो

यह वक्त भी नसीब नहीं होता। तब मैं परेशान हो जाता हूँ और मुझे सितारों में से, वनस्पतियों में से, झरनों में से, नींद में से, घूमने-फिरने में से कुछ समय चुराना पड़ता है। इस तरह कोई भी देख सकता है कि मैं लगातार व्यस्त रहता हूँ। किसी न किसी जरूरी काम में जुटा रहता हूँ। वैसा काम नहीं, जैसा काम के नाम पर तुम समझते हो और इस पूरी दुनिया को समझाते हो। मैं बेहतर जान गया हूँ कि जिस काम को तुम किसी को, उसका बताकर सौंपते हो, वस्तुतः वह तुम्हारा काम होता है। लेकिन अपना काम निकालने की गरज से तुमने ऐसा प्रचार कर डाला है कि मानो यह उसी का काम है, जिसे तुम करने के लिए दे रहे हो। हद है कि इसे तुम रोजगार कहते हो। जिसे तुमने अपना यह काम नहीं दिया या जिसने नहीं लिया, उसे तुम बेरोजगार सिद्ध कर देते हो। उसकी राह में हजार काँटे बिछा देते हो ताकि उसके सारे रास्ते बन्द हो जाएँ और केवल वे रास्ते खुले रहें जो तुम्हारे काम करने के लिए तुम्हारी जगहों तक जाते हैं। फिर कुछ लोगों को तुमने केवल इसलिए काम पर लगा रखा है कि वे देखें तुम्हारा काम ठीक-ठाक हो रहा है या नहीं। और इन सबके ऊपर तुम हो। फिर भी रोजमर्रा के तुम्हारे ही बयान हैं कि लोग काम नहीं करते। सच्चाई यह है कि वे कामचोर नहीं हैं बल्कि समझने लगे हैं कि जो कुछ भी उनसे कराया जा रहा है वह कतई उनका काम नहीं है। हालाँकि तुमको तो इतना भी अन्दाजा नहीं है कि हाथ रोककर जब एक आदमी किसी ख्याल में डूबा होता है, मुस्करा रहा होता है, पेशानी पर सिलवटें होती हैं या वह उधर कोने में बने चिड़िया के घोंसले को देख रहा होता है, तब भी वह दरअसल काम ही कर रहा होता है। लेकिन होता यही है कि ज्योंहीं कोई तुम्हारे षड्यन्त्र में फँसता है, जीवन में उसके अपने काम छूट जाते हैं और वह अपने काम के भुलावे में तुम्हारे काम करता चला जाता है। अव्वल तो तुम्हारी पूरी कोशिश ही यह रहती है कि कोई जीवन भर अन्दाजा ही न लगा पाए कि वह तुम्हारे काम के लिए अपना जीवन होम कर रहा है। तुमने कर्त्तव्य, निष्ठा, नैतिकता, लगन, कार्यपूजा आदि के पर्दे लगा रखे हैं। और कभी वह असलियत समझता है या उसे कुछ ज्ञान हो जाए तो तुम इस जानने को फसाद की जड़ कहते हो। फिर जीवन भर तुम्हारा काम करने के बाद, उसकी ढलती उम्र में यकायक जाकर तुम उससे कहते हो कि जाइए अब तुम काम करने लायक नहीं रहे। तब ऐसे तमाम लोग अपने निविड़ एकान्त में, रात के तीसरे पहर में, किसी स्मृति की सुरंग में या

खिले हुए फूल को देखते हुए यह सोचकर काँप जाते हैं कि जिन्दगी में दरअसल उन्होंने अपना तो कोई काम किया ही नहीं। मैं तुम्हारा नहीं, अपना कोई काम करना चाहता हूँ। और इसका अर्थ कतई यह नहीं है कि मैं तुम्हारी किसी नेटवर्किंग में उलझकर कपड़े, बीमा-पॉलिसी या किराना बेचने लगूँ। मेरा काम तो मैंने बताया ही कि बाँसुरी बजाना है, जिसे तुम काम मानने को तैयार नहीं। मेरे दोस्त, रिश्तेदार, प्रेमिका, कोई भी उसे काम नहीं मानता। मेरी प्यारी माँ भी नहीं। जो मुझसे धीरे-से कभी न कभी कह देती है, बेटा, कुछ काम कर लो। मेरा छोटा भाई तक मुझे पीठ पीछे नालायक कहता है। हद यह है कि तुम जोड़-घटाने को, डैटा फीडिंग को, जूठे बर्तन माँजने को, ठगी को, जालसाजी को, चोरी को, हर तरह के झूठ को, तुम्हारे कहने पर मुस्कराने को और बिस्तर पर लेटने तक को काम कहते हो। मगर चाँदनी रात में अपनी खिड़की पर बैठकर बाँसुरी बजाने को काम नहीं कहते। लेकिन मैं जान चुका हूँ कि हर मनुष्य के अपने ही कोई न कोई काम होते हैं, जिन्हें वे तुम्हारे फैलाए कुहासे में अक्सर पहचान नहीं पाते। यह तो जब मुझे बाँसुरी बजाने का वक्त मिलना बन्द हो गया और बाँसुरी में फूँक मारने पर उसमें से धूल उड़ने लगी तो अचानक मुझे ध्यान आया कि मेरा काम तो बाँसुरी बजाना है। मैं जानता हूँ, इसे तुम भी काम कह सकते हो लेकिन केवल तब, जब मैं तुम्हारे कहने से, तुम्हारे किसी सभागार में बाँसुरी बजाऊँ। मगर मैं यह भी समझ गया हूँ कि तब वह मेरा काम नहीं रह जाएगा। क्या तुम वाकई बाँसुरी सुनना चाहते हो? तो सुनो। मैं जब भी बजाऊँ, देर रात में, सुबह या दोपहर में। किसी ढूह पर या किसी तालाब के किनारे। तुम चुपचाप सुन लो। या कम-से-कम इसके लिए मुश्किलें खड़ी मत करो। मेरे इस काम को संसार में कोई दूसरा आदमी अंजाम नहीं दे सकता। यही मेरे काम की सबसे बड़ी पहचान है। लेकिन तुम अपने लोभ में, खास तरह से मेरे विरोधी हो गए हो कि मैं अपना कोई काम न कर सकूँ। तुमने मुझसे जमीन छीन ली है, जंगल और नदियाँ छीन ली हैं। छाँह, प्रकाश, आसमान, हवा तुम छीन चुके हो। और अब कहते हो "बाँसुरी बजाने से किसी का पेट नहीं भर सकता। बल्कि मेरा कोई काम करने से ही यह संसार जीवित रह सकता है।" जबकि तुम्हारे काम करने से किसी को कुछ भी हासिल नहीं होता, खास तौर पर जब तुम्हारी कमाई और ऐश्वर्य के बरअक्स उसे देखा जाए। जिन कुछ लोगों को तुमने प्रलोभन देकर, बरगलाकर, पैसे

देकर अपनी तरफ कर लिया है, वे भी तुम्हारे प्रचारतन्त्र में शामिल हो गए हैं। जानता हूँ कि सचिवालय, मीडिया, कारखाने, स्कूल, अस्पताल, बाजार, बैंक, बगीचे, खेत-खलिहान तुम्हारे हो चुके हैं। मगर मेरे पास अभी यह बाँसुरी है। मेरा काम कोई यदि है तो बस, यह बाँसुरीवादन है। यों तुम्हारे कामों का मैं इस हद तक विरोध न भी करूँ यदि तुम यह समझ लो कि हर हाल में मुझे सात-आठ घंटे की नींद, व्यायाम, घूमना, झील, पेड़, चन्द्रमा, तारे, मेल-जोल और तीन-चार घंटे बाँसुरी जरूर चाहिए। मगर मैं अच्छी तरह जानता हूँ कि यदि तुम इसके लिए सहमत हो भी जाओगे तो फिलहाल, महज अपनी जान बचाने के लिए ताकि तुम्हारे काम न रुकें। इसलिए मेरे मन में अक्सर यह ख्याल आता है कि तुम्हारी जान बचनी नहीं चाहिए। तुमने अपने तमाम कामों को हमारे ऊपर लाद दिया है। भले ही तुम्हारे काम करते-करते लोग एक दिन मर जाएँ और अपना धेले भर का भी काम न कर पाएँ। तुम कहते हो, "अरे, जीवन पड़ा है इन फालतू कामों के लिए।" लेकिन जब तक वे तुम्हारे कामों से फारिग होते हैं तो पता चलता है कि उन्हें गठिया हो गया। तपेदिक हो गया। रक्तचाप और डायाबिटीज हो गई। जीवन ही खत्म हो गया। ये आशंकाएँ लोगों को पहले से न घेरें, वे समय रहते यह सब न समझ लें इसलिए तुम उनका ध्यान लगाए रखने, बहलाने और लुभाने के लिए और अक्सर मजबूरी में ही मेहनताना वगैरह देते हो। वह भी उतना भर कि कहीं वे तुम्हारे काम छोड़कर चले न जाएँ। तुर्रा यह कि फिर भी बार-बार कहते हो, ये सब उनके काम हैं, बल्कि कर्त्तव्य हैं। धरम-ईमान का हिस्सा हैं। इस तरह तुम नए ढंग से गुलाम बनाते हो। सबसे बड़ी बात कि तुम हमारे जीवन की सुन्दरता और खुशी छीन चुके हो। याद करो, एक बार मेरे दोस्त ने तीन दिन की मेहनत से पुराने कपड़ों का सुन्दर भालू बनाया तो तुम रीझ गए और बोले कि अब पाँच सौ भालू हर महीने बनाओ। मेरे चाचा ने पतंग बनाई तो तुमने कहा यही उनका काम है बशर्ते वे तुम्हें रोज एक सौ पतंग बनाकर दें कि जिन्दा रहना है तो कम से कम इतना काम करना ही होगा। इस तरह तुमने मेरे दोस्त से, मेरे चाचा से भालू बनाने का, पतंग बनाने का सुख और आनन्द छीन लिया। अब मेरी बाँसुरी के पीछे पड़े हो। तुम हर कला, हर संगीत, हर चाहत को अपने काम में तबदील कर लेना चाहते हो। तुम्हारे इन्द्रजाल के कारण ही मेरे बाँसुरी बजाने के मदभरे काम को हर कोई फालतू का काम कह रहा है। जैसे बाँसुरी बजाना

भीख माँगने की भूमिका हो। (पिता क्षोभ से भरे रहते हैं। दो बार वे मेरी बाँसुरी तोड़ चुके हैं।) तुमने मुझे हर तरफ बदनाम कर दिया है। तुम तो इतना भी नहीं सोचते कि मैं यदि तुम्हारे काम करने लग जाऊँ तो भला इस संसार में बाँसुरी कौन बजाएगा? मैं बाँसुरी बजाते हुए भी अपना पेट भर सकता हूँ, जो कि सदियों से भरता ही आया हूँ। कुछ नए आयाम भी मैं इसमें जोड़ लूँगा। मैं पैदल चल सकता हूँ। पेड़ों पर चढ़ सकता हूँ, नदियाँ पार कर सकता हूँ। हवा का संगीत पकड़ सकता हूँ और जीवन का असीम आनन्द उठा सकता हूँ। लेकिन तुम चाहते हो कि तुम्हारा पेट भी मैं ही भरूँ और सब कुछ तुम्हारे लिए करूँ। तुम मेरी प्रत्येक क्षमता पर, मेरी मेहनत पर, अपनी मुहर, अपना निशान लगाना चाहते हो। इस हद तक कि वह तुम्हारी सामर्थ्य और तुम्हारी ताकत लगने लगे। तुम्हारा ब्रैंड बन जाए। तुम्हारे काम करते-करते मेरे कितने सारे दोस्त उजड़ गए। बीमार हो गए। फिर मर गए। भाई भी नहीं रहे। अब हमारे बुजुर्ग अपने बच्चों को किसी नामालूम उम्मीद में, उजबक की तरह देखते हैं जिसमें कभी-कभी उनका क्रोध, असहायता, करुणा और शुभकामना शामिल हो जाती है। मगर तुम्हारा जाल और अय्यारी ऐसी है कि बच्चे ठीक-ठीक कभी समझ ही नहीं पाएँगे कि उनका यह जीवन तुम निष्फल कर रहे हो। तुमने हम सबसे हत्याएँ तक कराईं, यह कहकर कि यही देशसेवा है। तुमने हंटर मारने, लाठी घुमाने और नोच-खसोट करने तक को सामाजिक विकास के काम में बदल दिया है। तुम कहते हो कि लोग रंगरेजी करें, सब्जी बेचें, छापे लगाएँ, कपड़ा बनाएँ या धोखा दें, लेकिन यह सब तुम्हारे लिए करें। यहाँ तक कि पाँच सौ लोग कहीं मरें तो तुम्हारा काम करते हुए वे बस पाँच बताएँ क्योंकि दरअसल यही उनका रोजगार है। तुमने अपने रजिस्टर में भी लिख रखा है कि यह उमेश का काम है, यह सुनीता का, यह अनीस का और यह रामलाल का। जबकि ये सब काम तुम्हारे हैं। सौ फीसदी तुम्हारे। एक दिन यह होगा ही, यह होना ही है कि तुम्हारा काम करने के लिए लोग मना कर देंगे। अभी तुम्हारे पास करोड़ों लोग आवेदन देते हैं। मैं चाहता हूँ एक दिन तुम लाख विज्ञापन छपवाओ, गुहार लगाओ लेकिन एक भी ऐप्लिकेशन तुम्हारे पास न आए। तुम अभी मेरी इस बात पर हँस सकते हो लेकिन जरा सोचो कि तब तुम्हारा क्या होगा! इसका अन्दाजा अभी लोग लगा नहीं पा रहे हैं और तुम्हारे कामों को अपना काम मानने की भूल-भुलैया में फँसे हुए हैं। इतना भुगतने के

बाद मैं कुछ हद तक समझ पा रहा हूँ और तुमसे कहना चाहता हूँ कि मैं कामचोर नहीं हूँ, कर्मठ हूँ। और इसलिए ही अब तुम्हारा कोई काम नहीं करना चाहता। फिलहाल जो कुछ मैं कर रहा हूँ जैसे कि यह सब लिख रहा हूँ तो जान लें कि यही मेरा काम है। ठीक बाँसुरीवादन की तरह। सुरीला और प्रसन्नतादायक।

मुश्किल

जैसा कि बुजुर्ग हो चुके ज्यादातर पिताओं के साथ होता है कि वे सुबह पाँच बजे के आस-पास उठ जाते हैं। कई बार तो चार बजे। खुद अपनी चाय बनाने के लिए आग्रह करते हैं और फिर धीरे-धीरे पूरे घर को स्वीकार्य हो जाता है कि बेहतर यही है कि वे अपनी चाय बना लिया करें। गरम पानी कर लें और बेटा तो सोकर क्या उठेगा, बहू उठे उसके पहले वे दाढ़ी बनाकर नहा भी लें। जिन घरों में माँ होती हैं, वह उनका साथ देने की कोशिश करती हैं, कभी निढाल होकर पड़ी रहती हैं और कभी-कभी उनकी हरकतों को, रिरियाते या गरियाते हुए निष्फल रूप से नियन्त्रित भी करती हैं। यहाँ, इस प्रकरण में माँ नहीं हैं।

उनका तौलिया ड्राइंग-रूम में सूखता रहेगा या तीन सब्जियों के बाद भी वे जिद करेंगे कि मूली के पत्तों को पाँच मिनट में बघार दिया जाए। आपको उनका प्रस्ताव ठीक नहीं जँच रहा हो तो वे खुद रसोई में जाने को प्रस्तुत हैं। ऐसी अनेक बातों को सूचीबद्ध किया जा सकता है। उनका सब कुछ निश्चित समय पर होता है। या वे चाहते हैं कि ऐसा हो। शेष घर अपने जवानी से भरे उन्माद, आलस्य, अवज्ञा और खीझ में डूबा रहता है। जैसा कि आप भी जानते ही हैं कि इस सामंजस्य को बैठाए रखने में घर की काफी ऊर्जा खर्च होती रहती है। अब सर्वेसर्वा हो चुकी गृहिणी को अक्सर लगता है कि उसका जीवन इन सब कामों में व्यर्थ ही नष्ट हो रहा है। हालाँकि, बीच-बीच में वह बुजुर्ग की सेवा और तत्सम्बन्धी कर्त्तव्यबोध से भर उठती है और इससे मिलनेवाली सन्तुष्टि का बखान भी यथासमय, अवसर पाने पर करती है। कभी लगता है मानो पिता ही उसके लिए प्राथमिक हैं और कभी वे इस कदर असह्य कि ठीक-ठीक पता नहीं चल पाता कि आखिर उसकी सच्ची और हार्दिक अभिव्यक्ति

कौन-सी है। पिता का पुत्र अविचल रूप से एक ही बात कहता है, "ये मेरे पिता हैं। यदि ये न होते तो मैं भी न होता।" फिर वह अपने बचपन की कठिन बीमारियों में पिता की भूमिका, पढ़ाई-लिखाई के दौरान पिता के दायित्वपूर्ण व्यवहार, आर्थिक संघर्ष, भाइयों के दरम्यान त्याग, युवा क्रोध, आत्मभक्षी स्वाभिमान और उनकी पितृयोचित दबंगई का जिक्र करते हुए चेतावनी देता है कि पिताजी को कोई तकलीफ नहीं होनी चाहिए। फिर वह पत्नी और पिता के बीच के इस दृश्य से मानो कुछ समय के लिए दूर हट जाता है।

ये सब इतनी सामान्य-सी घर-घर की कहानियाँ हैं कि इनके आधार पर कोई कठिनाई बताना भयानक दुहराव है और शब्दों को जाया करना है। एक तरह की संस्कारहीनता है। बल्कि ऐसे पिता अपेक्षित हैं। जैसे सारे मनुष्यों को एक दिन ऐसे ही पिताओं में तबदील हो जाना है। इन पिताओं से किसी को भला क्या परेशानी हो सकती है। मेरी मुश्किल थोड़ी-सी अलग है। मगर कुछ ऐसी कि उसे मुश्किल कहना भी ठीक नहीं। शायद।

2

पिता के शैशव, किशोरावस्था और युवावस्था के प्रारम्भिक वर्षों की पृष्ठभूमि विशुद्ध ग्रामीण और निम्नवर्गीय रही। वे एक ऐसे छोटे-से सुदूर गाँव में पैदा हुए जो आज तक, प्रधानमन्त्री सड़क रोजगार योजना के इस जमाने तक भी, किसी सड़क से नहीं जुड़ा है। सबसे पास का कस्बा जहाँ से तेरह मील (किलोमीटर नहीं) दूर है। और उस जमाने में गाँव में ट्रैक्टर या मोटर साइकिल का नामोनिशान भी न था, तब सामान अथवा नई-नवेली स्त्री साथ में न हो तो पैदल आना-जाना ही कहीं अधिक सहज जान पड़ता। बल्कि पिताजी के जैसे गरीब परिवारों के लोगों के लिए तो वही एकमात्र विकल्प था।

विषयान्तर न हो इसलिए याद कर लिया जाए कि ऐसे तमाम उत्तर भारतीय गाँवों में मनोरंजन, संस्कृति, साहित्य, धर्म, दर्शन और अध्यात्म वगैरह तुलसीकृत रामचरितमानस पर केन्द्रित रहे हैं। जीवन के सुख-दुख, आशा-निराशा, रोग-शोक, नफा-नुकसान, जीवन-मृत्यु या स्थितप्रज्ञता के प्रसंगों में जो जितनी तत्परता से मानस की चौपाइयाँ या दोहे-सोरठे उद्धृत कर दे, वह उतना ही मर्मज्ञ और ज्ञानी। कुल मिलाकर बात यह कि पिताजी का होश

सँभालते ही, रामचरितमानस से जो वास्ता पड़ा, वह दीवानगी की हद तक आज भी कायम है। वे कहते हैं कि जैसे-जैसे उनके और इस नामाकूल युग की उम्र बढ़ती जा रही है, उनके जीवन में मानस अधिक प्रासंगिक होता चला जा रहा है। यहाँ तक कि वे अपने गाँव और बचपन की विपन्नता को धन्यवाद देते हुए कहते हैं कि उन विषम स्थितियों के कारण ही रामचरितमानस को बाँचने, समझने का उन्हें उपयुक्त वातावरण और समय मिला और उसी के सहारे वे अपनी मुश्किलों से धीरे-धीरे पार पा गए। जब से वे रिटाइर हुए हैं, उनका मानसप्रेम कुछ अधिक बढ़ता चला गया है। जब देखो तब वे उसमें आँखें गड़ाए रहते हैं, कुछ बुदबुदाते हैं और बीमा विकास अधिकारी द्वारा दी गई एक सुन्दर डायरी में, मानस की पंक्तियाँ लिखते रहते हैं। मैंने सोचा, चलो ठीक है, अपना समय काटने का साधन उन्होंने खोज लिया है।

कुछ बरस पहले जब उन्हें फेल्सीपेरम मलेरिया हुआ था और ड्रिप लगी हुई थी, अस्पताल में वे जिद करने लगे कि उनके कमरे की लोहे की सन्दूकची में से, पीले कपड़े में लिपटा गीताप्रेस का गुटका लाया जाए। खजाने की तरह बताए गए इस पते से गुटका बरामद कर उन्हें पेश किया गया। वे लेटे हुए थे, कमजोरी इतनी कि अधलेटे होना भी मुश्किल। बीच-बीच में कँपकँपी भरी ठंड के दौरे पड़ते थे। वे चाहते थे कि सुन्दरकांड पढ़ लें। जाहिर है, उनके लिए यह आसान न था। जैसे-तैसे उन्होंने उसकी कुछ पंक्तियाँ पढ़ीं। फिर वे सो गए। तीन दिन बाद जब अस्पताल से स्वस्थ होकर घर आए तो हर मिलनेवाले से कहते कि उन्हें सुन्दरकांड के पाठ ने बचा लिया। जब आगामी तीन-चार महीने तक यही सब चलता रहा तो एक दिन गुस्से में मैंने उनसे कहा, "रामचरितमानस के प्रति आपका विश्वास या कहें कि अन्धविश्वास सारी हदें पार कर चुका है। आप वर्षों तक कर्ज में पड़े रहे, बेटियों का विवाह समय पर नहीं हुआ, राम-राम करते जब हुआ तो उनकी गृहस्थी आप देख ही रहे हैं। माँ समय पर इलाज के अभाव में मर गई और आप कहते रहे कि उसकी मुक्ति हो गई। वे मरीं तो आप पंचांग लेकर चौघड़िया देखने बैठ गए कि शुभ में मरी या उद्वेग में और मानस की रट गईं चौपाइयों दोराहने लगे। अभी आपको मरने से डॉक्टरों ने बचाया, दवाइयों ने बचाया और नाम सुन्दरकांड का हो रहा है। एक कथा और कविता को आप सबने मिलकर महान धार्मिक और चमत्कारी ग्रन्थ में तबदील कर दिया है।" यह सब सुनकर वे अचकचा गए। शायद उन्हें

मुझसे इस हद तक उम्मीद न थी। उनका चेहरा तमतमा गया। गुस्से में वे केवल दो वाक्य बोले, ''तुम नालायक हो। लगता है तुम कम्युनिस्ट हो गए हो।'' फिर वे पैंट पहनकर बाहर घूमने चले गए।

इसके बाद उन्होंने मुझे अपना शत्रु मान लिया। वैचारिक शत्रु। बैठक ही उनका कमरा भी है। एक कोने में जो दीवान लगा है, वे वहीं अपना अधिकांश समय बिताते हैं। कुछ दिनों बाद की बात है, जब मैं ऑफिस से आया तो देखा, ड्राइंग-रूम की उत्तरी समतल दीवार पर, जहाँ एक लैंडस्केप लगा हुआ था, उसे हटाकर 'राम दरबार' का दो बाई तीन फीट का पोस्टर लगा दिया गया है। पूछने पर कुसुम ने बताया, पिताजी ने अभी शाम को लगाया है। लैंडस्केप मुझे बेडरूम की मेरी मेज पर तहाकर रखा हुआ मिल गया, उसका एक कोना फट गया था। मुझे इस तरह की धार्मिक तसवीरें पसन्द नहीं। बैठक में तो हरगिज नहीं। रात को मैंने पिताजी से अपनी बात कही। पहले विनम्रता से और फिर कुछ विरोध प्रकट करते हुए। लेकिन वे टस से मस न हुए। इतना भर बोले, ''यह बैठक मेरी भी है।''

कुछ दिनों बाद उन्होंने कुसुम से कहा कि देखो, अब तुम्हारी सास तो इस दुनिया में है नहीं। संस्कारों का घर में बने रहना ठीक होगा। मेरा बेटा नास्तिक निकल गया। उससे धर्म-कर्म की कुछ उम्मीद नहीं की जा सकती। लेकिन तुम समझदार हो। तुमसे कह सकता हूँ। रोज सुबह रामचरितमानस का पारायण किया करो। ज्यादा न सही तो एक-दो पेज पढ़ लिया करो। पत्नी अब कुछ दिनों से रामचरितमानस का पाठ रोजाना करती है। कहती है कि हमारे बुजुर्ग हैं, पिता हैं, उनकी बात मान लेने में क्या हर्ज है। तीन साल की बेटी को पिताजी रोज मन्दिर ले जाते हैं और रात में उसे रामकथा के प्रसंग, छोटी-छोटी कहानियों की तरह, जोर-जोर से सुनाते हैं। पिताजी के व्यवहार से पता चलता है कि उन्होंने चुनाव जीत लिया है। उनके पास तीन वोट हैं। मैं अकेला। इस पूरे मामले में मैंने चुप्पी बरत ली थी क्योंकि वही तात्कालिक, शान्तिदायक उपाय था।

धीरे-धीरे इन प्रसंगों से उपजी कटुता कुछ कम हो चली थी। नवदुर्गा की धूमधाम शहर में थी। इतवार का दिन था। सुबह मैं देरी से उठा। अखबार लेने ड्राइंग-रूम में गया तो देखा पिताजी ने बिटिया को, छोटी-सी लाल साड़ी, चुनरी पहनाकर, तिलक लगाकर उसके एक हाथ में छोटा-सा कागज का त्रिशूल थमा दिया है और उसकी आरती उतार रहे हैं। मुझे बहुत गुस्सा आया।

मैंने झपटकर बिटिया को पटे से उठाया और अपने कमरे में ले आया। इस अप्रत्याशित स्थिति में पड़कर किट्टी भी रोने लगी। उस दिन पिताजी ने बिना फलाहार के निर्जल उपवास किया और कुसुम को चिल्लाकर बताया कि वे ऐसा इसलिए कर रहे हैं ताकि माँ दुर्गा का जो अपमान हुआ है, उसका दंड बेटे को न मिले। उन्होंने मेरी तरफ से प्रायश्चित कर डाला।

3

ऐसा नहीं है कि पिता के रूप में वे मुझे प्यार नहीं करते। इतना सब कुछ करते हुए भी वे कमरे में अगरबत्ती केवल तब लगाते हैं जब मैं ऑफिस चला जाता हूँ। उन्हें पता है कि मुझे अस्थमा है और अगरबत्ती का धुआँ एलर्जी पैदा कर सकता है। गेहूँ पिसवाने, सब्जी लाने, रिश्तेदारियों में औपचारिकता निबाहने के सारे काम, जो वे मेरी जगह कर सकते हैं, अपने आप आग्रहपूर्वक कर लेते हैं। मैं जानता हूँ कि पैंशन का एक-एक पैसा वे किट्टी के लिए ही जमा कर रहे हैं। यदि कभी मुझे गम्भीर बीमारी हुई तो वे मुझे अपना खून तो क्या किडनी भी दे देंगे। और मैं भी उनके लिए यही सब कुछ कर सकता हूँ। इन बातों की तरफ से वे भी निश्चिन्त हैं। मगर मामला दूसरी जगहों पर जाकर इतना उलझ जाता है कि कहाँ तक सहन किया जाए, कैसे समायोजन किया जाए, कुछ समझ नहीं आता। कुसुम को हमारे बीच की यह समस्या न तो समस्या लगती है और न ही वह इसमें उलझना चाहती है। उसका ख्याल केवल यह है कि बाप-बेटे की आपस में पटती नहीं है।

दीवार में एक बिना कपाट की अलमारी है। पिताजी अपना बहुतेरा सामान उसी में रखते हैं। एक दिन देखा कि कुछ पत्रिकाएँ वहाँ रखी हैं। पास जाकर ध्यान से देखा। एक धार्मिक पत्रिका के अंक की दस-बारह प्रतियाँ थीं। मुझे उत्सुक जानकर कहने लगे, ''बड़ी वैज्ञानिक पत्रिका है। अध्यात्म और विज्ञान का मेल इस पत्रिका में है। अपने मोहल्ले में पत्रिका के वितरण का जिम्मा मैंने ले लिया है।'' मैंने थोड़ा धीरज रखा। उनके सामने जाकर बैठा। पास में रखी सुराही से एक गिलास पानी पिया और कहा, ''पिताजी, यह कतई वैज्ञानिक पत्रिका नहीं है और न ही इसका विज्ञान से कोई सम्बन्ध है। यह विशुद्ध धार्मिक, प्रचारक पत्रिका है जो अन्धविश्वासों को धकाने के लिए

बीच-बीच में अपुष्ट हवालों को विज्ञान से जोड़कर रख देती है।'' उन्होंने लगभग वितृष्णा से मुझे देखा। ''ठीक है। तुम अपना काम करो। मुझे अपना काम करने दो।'' उन्होंने फैसला सुना दिया।

अगले दिन मुझे मेरे दोस्त अतुल ने बताया कि पिताजी उससे आग्रह कर रहे थे कि वह पत्रिका का वार्षिक चन्दा दे दे। आखिर मुझे पिताजी से कहना पड़ा कि वे अपने इस काम को मेरे मित्रों के बीच न करें। उनके जवाब का इन्तजार किए बिना मैं अपने कमरे में चला गया। इससे ज्यादा शायद मैं कुछ नहीं कर सकता था!

पिछले के पिछले लोकसभा चुनाव के दौरान उन्होंने केसरिया झंडा लाकर घर के छज्जे पर लगा दिया। मैंने उनसे कहा कि पिताजी, चीजों को इतना मत खींचिए कि वाकई साथ रहना मुश्किल हो जाए। लगता है मैं रुआँसा हो गया था। पिताजी ने कुछ नहीं कहा, मानो मेरा आग्रह या कहूँ कि अश्रु-भरा निवेदन स्वीकार कर लिया हो।

उसी रात कुसुम ने बताया कि पिताजी कह रहे थे कि तुम अपना वोट कमल पर देना।

''तुमने क्या कहा?'' —मैंने उसे परे छिटकाते हुए पूछा।

''मैं क्या कहती? कह दिया कि ठीक है।'' उसने लगभग तटस्थता से कहा। जैसे उसकी तरफ से वह बात को यहीं खतम कर देना चाहती हो।

मैंने उसका कन्धा झँझोड़ते हुए कहा, ''देखो, तुम्हें मैं पहले भी कई बार समझा चुका हूँ। बार-बार वे ही बातें नहीं दोहराऊँगा।''

''ठीक है। समझती हूँ। लेकिन पिताजी से कह दूँगी कि जहाँ आपने बताया था वहीं वोट दिया।''

मुझे समझ नहीं आया कि वह बाद में पिताजी से झूठ बोलेगी या अभी मुझसे बोल रही है।

4

जीवन चल रहा था। पिताजी अपनी चाल से चल रहे थे और मैं अपनी रफ्तार से। नई सदी की शुरुआत हो गई थी। एक दिन वे एक चर्चित राजनेता की

डिमाई आकार की तस्वीर लाए और मुझसे कहने लगे कि मैं उसे फ्रेम करा दूँ। मुझे यकायक न जाने क्या हुआ। मैंने वह तस्वीर फाड़कर फेंक दी और कहा कि अब मैं आपके साथ नहीं रहूँगा। मेरे विचार एकदम अलग हैं, मेरी प्रतिबद्धताएँ, मेरी समझ दूसरी है और आपकी कुछ और। वे मुझे देखते रहे और बोले, ''जो भी हो, तुम्हें यह तस्वीर नहीं फाड़नी थी। तस्वीर मैं दूसरी भी ला सकता हूँ।'' मुझे भी लगा कि उत्तेजना में गलती हो गई। उन्होंने कुछ गुस्से में पूछा, ''तुम यहाँ नहीं रहोगे तो कहाँ रहोगे?''

मैंने महसूस किया कि मामला गड़बड़ हो गया। सुबह उठकर मैंने उनसे माफी माँगी और कहा कि आपको जैसे रहना हो रहिए लेकिन मेहरबानी करके मुझे अपने साथ 'इनवॉल्व' मत कीजिए और घर में सार्वजनिक रूप से कुछ ऐसा, जैसे तस्वीर, झंडा, पोस्टर आदि न लगाएँ, जो मुझे बर्दाश्त नहीं है। उसके बाद महीनों तक उन्होंने कुछ भी ऐसा नहीं किया जो सीधे विवाद का कारण बनता।

लेकिन गुजरात ने हमारे बीच फिर दीवार खड़ी कर दी। साबरमती एक्सप्रेस की बोगी में लगाई गई आग के सदमे से उबरे भी न थे कि वहाँ दंगा या कहें कि नरसंहार शुरू कर दिया गया। ज्यों-ज्यों खबरें मिल रही थीं, मेरा क्षोभ और गुस्सा बढ़ रहा था। अफसोस और शर्म भी थी। यह एक ऐसा मुद्दा हो गया जो हमारे घर में मित्रों के साथ, पड़ोस के लोगों के साथ रोज ही उठता। बहसबाजी भी होती। पूरे मोहल्ले को मालूम हो गया कि पिताजी और मेरे बीच इस बात को लेकर गम्भीर मतभेद हैं। बल्कि अनबन है। मैं अपने तर्क देता और वे अपने। उनके तर्क वही थे जो मुख्यमंत्रीजी द्वारा दिए जा रहे थे। मैंने उन्हें घटनास्थलों से सीधी की गई रिपोर्टिंग दिखाई। अखबारों की कटिंग्स इकट्ठा करके बताईं। दंगे और नरसंहार का फर्क समझाया। मुसलमानों और हिन्दुओं के बीच उपस्थित उपद्रवी साम्प्रदायिकता और गुंडागर्दी को लेकर देर तक जिरह की कि ऐसा ही रहा तो हममें से कोई न कोई इन साम्प्रदायिक लोगों के हाथ मारा ही जाएगा। राजनीतिक गणित भी समझाया।

नतीजा यह निकला कि धीरे-धीरे हमारी बातचीत कम से कम होने लगी। फिर विधानसभा और उसके बाद लोकसभा चुनावों में उन्होंने या मैंने बढ़-चढ़कर कोई ऐसा कदम नहीं उठाया कि हमारे बीच का यह तनाव बढ़ता।

इच्छाएँ

काफी दिनों से घर में, पिताजी और मेरे बीच सब कुछ दुरुस्त न होते हुए भी, इतना तो चल ही रहा था कि हम साथ-साथ रह रहे थे। एक-दूसरे की बातों को काटते नहीं थे, उलझते नहीं थे। लेकिन हुआ यह कि पिछले हफ्ते, गुरुवार को उनके 70वें जन्मदिन पर मैंने उन्हें पाँच सौ रुपये दिए कि वे अपनी पसन्द से स्वेटर ले लें।

शनिवार की रात उन्होंने कहा, "अब सुबह-सुबह मैं घूमने, व्यायाम करने जाया करूँगा।"

"अच्छी बात है। जरूर जाएँ।" मैंने प्रसन्न मन से जवाब दिया।

"स्वेटर तो मेरे पास दो-तीन थीं। सफेद कमीजें भी हैं ही। इसलिए तुम्हारे दिए पैसे से मैं ये दो निकर सिलवा लाया हूँ। कपड़ा ठीक है न!" यह कहकर पिताजी ने दो खाकी निकरों को झुलाते हुए, मेरी गोद में डाल दिया।

उस सुबह मैं कुछ होना चाहता था

सुबह की हवा में हल्की ठंडक शुरू हो गई थी इसलिए बिस्तर छोड़ने के बाद, आँगन में अँगड़ाई लेते वक्त एक सिहरन पैदा करनेवाली कँपकँपी आई। आँखों ने भी मिचमिचाकर अँगड़ाई ली और तुरन्त ही दिमाग तक एक सन्देश पहुँचाया कि न केवल सूरज उग चुका है बल्कि छत पर धूप चादर की तरह बिछने लगी है।

छत पर बीस डिग्री सैल्सियस की ताकतवाली धूप होनी चाहिए। ऐसी धूप में विटामिन 'डी' के अलावा थोड़ी मानवीय ऊर्जा भी होती है जो मुझ जैसे आलसियों को ताकत देती है। नींद के बाद की खुमारी और आलस्य से लड़ने के लिए मुझे कुछ वैसी ही ताकत की सख्त जरूरत थी। और खासकर तब जबकि मैं अपने सामान्य जागरण के समय से कोई डेढ़–दो घंटे पहले उठ गया होऊँ। मैं छत पर पहुँच गया।

बरसात का मौसम खत्म हो गया था लेकिन बरसात के बाद की खास तरह की उदासी चीजों पर अभी बाकी थी। धूप पिछले कुछ हफ्तों से चमकदार निकल रही थी मगर उदासी जैसी चीज को छँटने में वक्त लगता ही है। उदासी ठोस कोहरे की तरह होती है। और फिर वह चीजों के भीतरी हिस्सों तक जमा हो जाती है। पुराने, कमजोर मकानों में रहनेवालों के लिए 'बरसात' लिजलिजा, नम और चिपचिपा शब्द है। कुछ सीलन भरा भी। एक हीक भरी बू आती है जो तकियों, चादरों और तह किए कपड़ों से होते हुए दिनचर्या में घुस जाती है। अब बरसात विदा हो चुकी है, इसलिए आम लोगों की तरह मुझे भी कुछ मानसिक आराम है।

बहुत दिनों के बाद छत पर आया और मुँडेर पर बैठना कुछ अजीब तरह से सुखद लगा। जैसे कोई प्रेमिका लम्बे अन्तराल के बाद अनायास मिल जाए। खूब बातें करने का मन हो, वक्त हो लेकिन व्यर्थताबोध की धमकी भी पृष्ठभूमि

में हो। कि जाइए अब कुछ नहीं हो सकता। फिर भी कई बार जिन बातों का कोई मतलब न हो, नतीजा न निकलना हो, उनमें भी दिलचस्पी पैदा हो जाती है, जैसी कि इस सुबह में। मामूली ठंडक ने धूप को कुनकुना और उम्दा किस्म का बना दिया था। इतना कि सामने पत्तियों से जुगाली कर रहा नीम का पेड़ अपनी सारी टहनियों के साथ खुश नजर आ रहा था। फिर पत्तियाँ धीरे-धीरे कुछ गुनगुनाने लगीं। यकायक लगा कि इस सुबह मैं काफी खुश हूँ और शायद मैं खुद भी नीम का हरा-भरा पेड़ हो जाना चाहता हूँ। खासकर उसकी सबसे ऊपर की पतली टहनी, जो इस वक्त नीम के लिए दूरबीन या रेडार का काम कर रही है और अपने आस-पास के पूरे समाचार जड़ों तक पहुँचाने में व्यस्त होगी।

नीम और नीम होने की इच्छा से नीचे उतरकर आया तो देखा कि मुँडेर की काई कुछ ही दिनों की धूप का शिकार होकर काली पड़ चुकी थी। कभी इसका रंग भी चमकीला हरा रहा होगा और यह इतनी खुरदरी भी नहीं रही होगी। मैं यह सोच ही रहा था कि एक चिड़िया, उस सूखी और मटमैली काई के ऊपर फुदकने लगी। जैसे वह उसका पुराना मैदान रहा हो। ऐसा करते हुए वह चीं-चीं की आवाज कर रही थी। मुझे लगा यह सुबह सार्थक होने जा रही है। कि अचानक वह उड़ गई और गली से गुजरते अनेक तारों में से बिजली के एक तार पर बैठ गई। दो-चार पल में ही वहाँ एक चिड़िया और आ गई और दोनों आपस में चोंच मिलाकर लाड़ करने लगीं। फिर वे दोनों एक साथ उड़ीं और नीम की उस पतली टहनी पर जाकर बैठ गईं। फिर उनमें से एक उड़कर न जाने कहाँ चली गई और एक बैठी रही। अपनी चोंच टहनी से रगड़ती हुई जैसे कहती हो कि पूरे नीम को खबर दे दो, मैं आ गई हूँ। अब मुझे लगा कि मैं नीम की सबसे ऊपर की पतली टहनी होने की बजाय चिड़िया होने की इच्छा रखता हूँ।

थोड़ी ही देर में वह चिड़िया उड़कर ओझल हो गई। शायद किसी और पेड़, तार या मुँडेर के लिए। ऐसा ही होता है। अक्सर। मैं कुछ अनमना हो गया। ध्यान बाँटने के लिए मैंने अपनी दोनों हथेलियाँ खोलकर अपने सामने कर लीं। ख्याल आया कि अम्माँ ने बहुत प्रयास किया था कि मैं सुबह जल्दी उठकर, सबसे पहले अपनी हथेलियाँ देखने की आदत बना लूँ। उनकी यह इच्छा अधूरी ही रही। शुरू में तो अम्माँ को इस अवज्ञा पर काफी दुख रहा मगर

बाद में मेरा कमरा अलग हो जाने पर यह दुख स्वतः दुर्बल होकर खत्म हो गया था। मरते समय उनके चेहरे पर, मुझे लेकर कम से कम यह अफसोस बाकी नहीं रह गया था।

यों कुछ सालों तक नियमपूर्वक मैंने हथेलियों को देखा है। लेकिन अपनी कठोर हथेलियाँ नहीं बल्कि थोड़ी मुलायम हथेलियाँ। मैंने कुछ उदास होते हुए कुछ प्यार से अपनी ही हथेलियों को गौर से देखा और सोचने लगा कि इनमें से किसी में भी भाग्य-रेखा क्यों नहीं है! शायद गीता के सबसे प्रसिद्ध और एकमात्र श्लोक में मेरी निष्ठा बढ़ाने के लिए। अच्छा ही रहा कि मैं भाग्यवादी नहीं हुआ। इस वजह से मैं अब भी खुद से काफी उम्मीदें रख सकता हूँ। यह सब सोचते हुए मुझे फिर कोमल हथेली का ख्याल आया। लगा कि इस सुबह मैं एक टहनी या एक चिड़िया हो जाने से कहीं अधिक, एक कोमल, गुलाबी हथेली होने की इच्छा रखता हूँ। उस सुबह का वह एक रूमानी ख्याल था। यानी खास तरह की याद, जिसे मैंने बमुश्किल अपने ऊपर सवार होने से रोका।

तभी पास की छत पर कोई वजनदार चीज रखे जाने की आवाज आई। चौंककर उधर देखा। जैन साहब की बहू थी। दो बाल्टी भर कपड़े धोकर लाई थी। उन्हें उसने तार पर डालना शुरू कर दिया। काले रंग का पतला लोहे का तार कुछ जगहों पर जंग खाने लगा था। छह-सात दिन पहले ही सुषी ने बताया था कि जैन साहब की यही बहू गायत्री, सीढ़ियों से गिर गई थी और कोहनी में काफी चोट आई थी। तीन दिन तक हाथ में सूजन रही। बाल्टियों में ढेर-से कपड़ों का अनुमान कर मुझे अचरज हुआ कि सिर्फ हफ्ते भर पुरानी चोट के साथ इतने कपड़े कैसे धोये गए होंगे। ध्यान देने पर दिखा कि कपड़ों को फटकारते समय दाएँ हाथ की गति कुछ थम-सी जाती है। हाथ पूरा सीधा नहीं होता। मैं यह देखने में मग्न ही था कि धोये गए सारे कपड़े तार पर डल गए और कनखियों से उसने मेरी तरफ देखा। जाते हुए पलटकर एक बार फिर देखा। शायद इत्मीनान नहीं हुआ होगा कि यह मैं हूँ जो इतनी सुबह छत पर हो सकता हूँ। सुषी ने मेरे देर तक सोते रहने की आदत का काफी प्रचार किया है। लेकिन इस सुबह में इस तरह आश्चर्य से देखा जाना मुझे अच्छा लगा।

सूरज अपना कोण बदल रहा था। किरणें मेरी आँखों से टकराकर मुझे सुबह का पूरा आनन्द लेने में बाधा पहुँचाने लगी थीं। मैं एक सौ अस्सी डिग्री

के कोण पर घूमकर बैठ गया। सामने यूकेलिप्टस के दो पेड़ आ गए। पश्चिम दिशा भी उधर ही रही होगी क्योंकि सूरज अब पीठ पर था। यूकेलिप्टस के दोनों पेड़ सहोदर भाइयों की तरह लग रहे थे। उनके तनों के बीच बस जरा-सी ही दूरी थी। डालियाँ हवा में हिलते हुए लगती थीं कि किसी भी क्षण वे एक-दूसरे को छू लेंगी। मैं तन्मयतापूर्वक देखने लगा कि क्या ऐसा हो पाता है! जब बहुत देर तक भी डालियाँ एक-दूसरे को नहीं छू पाईं तो मुझे कोफ्त हो गई। डालियों और पत्तियों से निगाह फिसलकर उनके तनों पर आ गई। गोरे पाँव जो हल्दी की परछाईं से हल्के पीले होकर अधिक कमनीय हो गए हों! उठती सुबह का सूरज उन तनों को और चमकदार बना रहा था। उसी पल मुझे लगा कि मैं एक ऊँचे-पूरे यूकेलिप्टस के पेड़ का तना होना चाहता हूँ। टहनी, फुदकती चिड़िया या मुलायम हथेली हो जाने से बेहतर है कि पीली आभा से दमकता, चिकना तना हुआ जाए, जो पूरे पेड़ को सम्बल देता है। इन्सान की पिंडलियों की तरह।

धूप चुभने लगी थी लेकिन मैं छत छोड़ने की मनःस्थिति में नहीं था। तमाम परेशानियों और किल्लतों की रोजनदारी के बीच इस खुशनुमा सुबह का आनन्द मैं पूरी तरह से लेने का इरादा रखता था। इसलिए कुछ देर सोचता रहा कि अब क्या सोचना चाहिए? उसी दरम्यान जेल के घंटे सुनाई दिए। हथौड़े को नौ बार लोहे पर मारा गया था। समय का अनुमान होते ही एक अनमनापन मेरे चारों ओर घिर आया। नीचे से दादी के खाँसने की आवाज सुनाई दी। मैंने गिनना चाहा कि दादी ने कुल कितनी बार खाँसा। लेकिन एक तो दादी जल्दी-जल्दी और अनिश्चित तरीके से खाँस रही थी और दूसरे, लोहे की आवाज और खाँसने की आवाज में एक मूलभूत अन्तर होता है। मैं चाहकर भी नहीं गिन सका। अपनी इस विफलता पर मुझे थोड़ी खीझ भी हुई। इसी दौरान याद आया कि दादी की दवाएँ लाना है। इसके पहले कि यह पूरा विचार परेशान करने का इरादा रखता, मैंने उसे झटक दिया।

लेकिन नौ बज गए हैं। यह ध्यान आते ही खीझ बहुमुखी होने लगी। अब ऑफिस के लिए ताबड़तोड़ तैयारी करनी होगी। इधर आपाधापी और उधर हिलती हुई मेज, गन्दा-सा टेबल-क्लॉथ। उभरी हुई कीलों से भरी कुर्सी। जरा भी असावधानी हो जाए तो चुभ जाएँ या फिर कपड़ों की उम्र कम करने

का काम तो कर ही देती हैं। एक भीड़ वहाँ आपका इन्तजार करती है। जैसे रोजगार का दफ्तर सबको रोजगार दे देगा। यहाँ अपना रोजगार बचा रहे, यही चिन्ता लगी है। यकायक मुझे गली में बजते रेडियो से रफी के गाने की आवाज आई और इस तरह विविध भारती की। सोचा, आज छुट्टी लेकर, पूरे दिन रेडियो सुना जाए। उसी वक्त नीचे से आई "नहा लो!" की आवाज से मुझे खिन्नता हुई। मैंने कोई उत्तर नहीं दिया। लेकिन जब इसी तरह की आवाजें तीन बार आईं और क्रमशः तेज होने लगीं तो मैं समझ गया कि छत पर बैठे रह पाना अब नामुमकिन है। हालाँकि बरसात के बाद की वह छत अभी काफी देर तक और बहलाए रखने की क्षमता रखती थी। मुँडेर से उठते हुए मैंने देखा कि यूकेलिप्टस के चिकने तने अब भी खूबसूरत पिंडलियों की तरह चमक रहे थे। ऐसी पिंडलियाँ जो धूप को अपने रंग के साथ परावर्तित कर सकती हैं।

"छुट्टी लेना चाहिए या नहीं...", इस वाक्य को मन ही मन बिलौता हुआ मैं सीढ़ियाँ उतरने लगा कि अन्तिम चेतावनी जैसी पुकार आई, "नहाकर जाना है या बिना नहाए!" जरूर साढ़े नौ के आसपास का वक्त हो गया होगा। ध्यान आया कि सी.एल. सब खत्म हो गई हैं और अब मैडिकल का ही सहारा है। बेहतर है कि ऑफिस चला जाए। यों भी घर पर रहकर मन का काम करना मुश्किल है। सुषी भी इसी आस में सुबह से जुटी रहती है कि ये ऑफिस जाएँ तो दो-चार घरेलू काम इत्मीनान से निबटाए जा सकें। तभी मेरी दाएँ हाथ की उँगलियाँ बाएँ गाल पर चली गईं और पाया कि दाढ़ी बनाना भी जरूरी है। मैं दर्पण के सामने खड़ा हो गया। लगा कि आज मेरी शख्सियत में कुछ ऐसा है जो दर्पण भी नहीं दिखा पा रहा है। कुछ देर कोशिश करता तो शायद पता चलता कि वह क्या है लेकिन ऑफिस के लिए पहले ही काफी देरी हो गई थी।

दाढ़ी बनाते हुए एक पल के लिए मुझे स्त्रियों के चिकने गालों से ईर्ष्या हुई। फिर ध्यान आया कि स्त्रियों के भी हजार झंझट होते हैं। इस विचार पर मैं मुस्कराया। उस सुबह की वह पहली मुस्कराहट थी, जो मुझे दिख भी रही थी लेकिन मुस्कराने के बाद जैसी प्रसन्नता या ताजगी आनी चाहिए थी, नहीं आई।

तीन रोटियाँ खाते हुए मैंने सोचा कि लाख खूबसूरती और सुन्दर अहसास के बावजूद सुबह जल्दी उठना बेकार की बात है। कम से कम देर तक सोनेवाले

आदमी के लिए तो यह बेहूदा है। और खासतौर पर उस आदमी के लिए जो ऊलजलूल सोचने की क्षमता रखता है। आखिरी रोटी तक आते हुए मैंने पक्का फैसला कर लिया कि सुबह जल्दी उठकर छत पर जाना वाहियात काम है। इस कारण पूरे दिन दार्शनिक हो जाने का खतरा बना रहता है। और तब न मुझे टहनी, चिड़िया, हथेली या तना होने का ख्याल सताएगा और न ही ऑफिस से छुट्टी लेने का विचार तंग करेगा। रोटी के आखिरी कौर और सुषी के रोटी बेलते हाथों को देखते हुए मैंने सोचा कि ऑफिस तो जाना होगा। अन्तिम ग्रास को हलक में उतारते हुए मैंने अपने आपको काफी हल्का और प्रसन्न अनुभव किया। उसी समय मैंने याद किया कि लौटते समय दवाई लाना है, अनिल मेडिकल स्टोर्स से। (अनिल मेडिकल यानी अपना दवा-उधारी केन्द्र।)

कपड़े बदलकर जब साइकिल उठाई तो सुषी ने एक मुस्कराहट मेरी तरफ फेंकी, जो दरअसल मेरे घर से बाहर जाने की आश्वस्ति की सूचक थी, जिसे मैंने जेब में रख लिया। दिन भर में एकाध बार यह चीज काम आ सकती है। साइकिल के पैडल पर पाँव रखा तो मुझे, अपनी उम्र से थोड़ी ही छोटी, पिता की याद दिलाती उस साइकिल पर प्यार आया। चलती हुई साइकिल को मैंने अपने रोम-रोम से महसूस किया। सुबह, दोपहर बनने की तैयारी कर रही थी। इस किशोर दोपहर की हवा को साइकिल चीर रही थी। मुझे लगा कि इस साइकिल से मैं कहीं भी पहुँच सकता हूँ। दुनिया में कहीं भी। इस जिन्दगी में कहीं भी। शाबासी देने के अन्दाज में मैंने साइकिल के पैडल जोर से मारने शुरू कर दिए।

शायद उस सुबह मैं टहनी, चिड़िया, हथेली या चिकने तने की बजाय, एक स्वस्थ साइकिल होना चाहता था। मेरे जीवन, स्थिति और विचारों के लिए यही इच्छा सबसे अधिक वास्तविक थी।

पीतल का आदमी

दसवीं कक्षा तक हम साथ-साथ पढ़े। फिर जैसा कि होता है, पिता का तबादला हो जाता है और दोस्त बिछुड़ जाते हैं। कुछ समय बाद मेरी नौकरी लग गई। नौकरी में इधर-उधर भटकते हुए दस-ग्यारह साल बाद मैं अपने ही शहर में वापस आ गया हूँ। उसने भी यहाँ अपनी पुश्तैनी बर्तनों की दुकान सँभाल ली है। हमारी पुरानी दोस्ती हरी हो गई है। हम अक्सर ही मिलते हैं, साथ-साथ घूमते हैं। गप्पबाजी करते हैं। दुख और शोक मनाते हैं। खुशियाँ तो खैर मनाते ही मनाते हैं।

पीतल के प्रति उसकी रुचि और प्रेम चौथी कक्षा से ही प्रकट था। उसके पास पीतल का एक टोकन था। जहाँ तक मुझे याद है, उस पर स्टेट बैंक ऑफ इंडिया का नाम उभरा हुआ था। उसके किसी चाचा को वह कहीं पड़ा मिला था और उन्होंने उसे यों ही खेलने-रखने के लिए दे दिया था। उसके बीचों-बीच एक छोटा-सा छेद था। वह उससे कुछ न कुछ खेल बनाकर खेलता। पहिये की तरह लुढ़काना, बीच में मोटा तार डालकर सुदर्शन चक्र की तरह घुमाना। उसे अपनी राजमुद्रा की तरह देखना, बीच के सुराख में से एक आँख बन्द कर इस पूरी दुनिया को देखना। जैसे वह किसी कैमरे की आँख है और उसके जरिये देखने से हर एक चीज का रंग-रूप बदल जाता है। एक दिन उसने सुबह की धूप में थोड़ा टेढ़ा रखकर, कुछ रोशनी परावर्तित करते हुए कहा, यह पीतल का सूरज है। उसकी बड़ी बहन ने उसे कुछ बताया होगा, इसलिए बाद में वह कभी-कभी नींबू रगड़कर उसे माँजता था। वह उसे हमेशा अपनी जेब में रखता, कहता कि यह जब तक मेरे पास है, मेरी रुचि संसार की हर चीज में है। यहाँ तक कि पढ़ाई में भी। और मैं कभी फेल नहीं हो सकता। यों भी मेरे पास सब कुछ है क्योंकि मेरे पास पीतल का यह टोकन है।

हम सब सहपाठियों को उसके टोकनधारी होने से ईर्ष्या थी। इसी टोकन के लोभ में मैंने उससे दोस्ती की। उसे कहानी की एक किताब भी पढ़ने दी। उसे कुछ चुटकुले सुनाए। आखिर मेरी योजना रंग लाई। एक दोपहर, छुट्टी में उसने मुझसे कहा कि तुम मेरे सच्चे दोस्त हो। और मेरी हथेली पर वह टोकन रख दिया। मैं उस टोकन को हथेली में पाकर, उसके भारीपन और चमकते पीलेपन से विभोर हो गया। उसने कहा, मुट्ठी में बन्द कर लो और इशारा किया कि उधर चलो। उधर यानी बरगद के पेड़ के नीचे। वहाँ उसने कहा, "एक आँख बन्द करो और इसके छेद में से चारों तरफ देखो। उस टेकरी को, स्कूल को और उस पार सड़क को।" मुझे जानी-पहचानी दुनिया अलग दिखने लगी।

हम दोस्त बन गए थे। और एक-दूसरे के घरों में इस तरह आते-जाते थे कि घर का कोई दूसरा आदमी हमें टोकता ही नहीं था। दालान में, आँगन में, रसोई में और दूसरे कमरों में हम इस तरह घूमते-फिरते थे जैसे घर में हमारा वही काम हो और उससे किसी को कोई अचरज या रुकावट नहीं होती। हम कुछ बड़े होते जा रहे थे। हमने देखा कि हमारे घरों में पीतल ही पीतल था। सारे बर्तन भी पीतल के थे। गिलास, कटोरी, तश्तरी, थाली, परात, भगौनी, टंकी, लोटा, गागर, पीतल के छोटे-छोटे ईश्वर, दीपक और उलीचना। उसके घर में पीतल की सँड़सी भी थी। हमारे घर की स्त्रियाँ उन्हें रोज माँजती थीं। राख से, नींबू से। उनका दिन किसी पीतल को माँजने से शुरू होता और किसी न किसी पीतल को माँजने पर ही खत्म होता। बीच-बीच में वे उसमें अपना प्रतिबिम्ब देखतीं और उस प्रतिबिम्ब की स्पष्टता से ही उन्हें अन्दाजा लगता कि यह बर्तन जितना वे चाहती थीं उतना साफ हो गया है या नहीं। धीरे-धीरे हम जान गए थे कि हमारा यह पूरा संसार पीतल की वजह से ही चल रहा है। पीतल से अधिक सुन्दर और उपयोगी कुछ नहीं। पीतल से अधिक प्यारा कुछ नहीं। पीतल से चमकदार और कुछ नहीं। पीतल, पीतल, पीतल। हमारे चारों तरफ पीतल था। स्निग्ध, देदीप्यमान और विश्वसनीय। उस पर कलई लगाओ तब भी वह उसे आखिर छोड़ देता और फिर अपने पीतलपन में चमकने लगता।

कुएँ की मुँडेर पर बैठी दोस्त की बहन पानी भरने से पहले, देर तक पीतल की गागर माँजती हुई मुझे बहुत सुन्दर लगती। पीतल से उठती आभा

उसके चेहरे में और लावण्य भर देती। जब भी कहीं मैं पीतल की गागर देखता हूँ, मुझे हमेशा उसकी बहन याद आ जाती है।

"और पीतल की घंटियाँ।" एक दिन जब हम सर्किट हाऊस रोड पर घूम रहे थे, और हवा में कुछ खनक थी, उसने कहा, "पीतल की घंटियों की आवाजें अविस्मरणीय हैं। उनमें से एक खास संगीत उठता है। पीतल का संगीत। उन क्षणों की स्मृति में संगीत है।"

"तुम्हें बताऊँ, बाद में एक दिन मैंने पड़ोस में पीतल की झाँझर देखी थी और पीतल का वह बाजा, जो शादियों में बजता देख जी ललचाता था। जिसे बजानेवाले के गाल फूलते थे। जब ग्यारहवीं पास कर ली तो पिताजी ने मुझे पीतल मढ़ा एक माउथ-ऑर्गन दिया था। अभी तक मेरे पास है। पीतल से उठनेवाला संगीत सैकड़ों तरह का है।"

"और पीतल का लोटा! जिसमें पानी, दूध, चाय, शरबत, अनाज कुछ भी भर लो। बाद में मेरे दादा उसे लेकर फारिग होने जाते रहे। उनके गुजर जाने के बाद उसमें कोई पौधा लगा दिया गया था।" पीतल को यों ही फेंका नहीं जा सकता।

"और एन.सी.सी. ज्वाइन करने पर पीतल के बैज मिले। बेल्ट तक में पीतल। उसे चमकाने के लिए पहली बार खरीदी-जानी ब्रासो पॉलिश। उसी से एक दिन मैंने घर की पुरानी छड़ी की मूठ चमका दी तो सबको लगा कि पूरी छड़ी ही नई हो गई है।"

वह इस तरह पीतल को याद करता कि मेरे लिए उसमें नाद, रोशनी, कसक, तकलीफ, खुशी और चमक भर जाती। और फिर कुछ दूसरी बातचीत सम्भव न रहती। जैसे कल रात उसने स्मरण दिलाया, "तुम्हें याद है न, आठवीं कक्षा तक आते-आते हम प्रतियोगिताओं में भाग लेने लगे थे। निबन्ध, वाद-विवाद, हॉकी और कबड्डी। हमने पढ़ाई की। हमारे घुटने छिल गए। इस तरह हमारे जीवन में कुछ पीतल और आया। जीवन चलता रहा और हम पीतल के साथ बड़े होते रहे। लेकिन एक दिन मैंने जाना, मुझे बताया गया कि पीतल का होना, कमतर होना है। कुछ कमजोर होना है। लेकिन तुम ही बताओ, इस बात पर कोई कैसे यकीन कर सकता है! कम से कम मैं तो नहीं, जो पीतल को अपने बचपन से जानता है। और यह भी कि कितनी चीजें ऐसी हैं जिन पर केवल इसलिए विश्वास किया जा सकता है कि वे पीतल की बनी हैं या पीतल से मढ़ी हुई हैं।"

इसी तरह कुछ दिन पहले उसने रहस्योद्घाटन करते हुए बताया कि एक बार उसने मेरी माँ से पूछा था कि वे इतने ध्यान से, माँजने-चमकाने के बाद पीतल की गागर में क्या देखती हैं। जवाब में उन्होंने कहा था कि वे इसमें अपना पिछला वक्त देखती हैं। और बहन से जब यही सवाल किया तो उसने बताया कि वह इसमें अपना आनेवाला वक्त देखती है। फिर बोला, ''तब से मुझे यकीन है कि हम अपना कोई-सा भी वक्त, चमकते पीतल के आईने में देख सकते हैं। मुझे अब तक इस बात पर भरोसा है। पीतल की घड़ियाँ भी इस बात का समर्थन करेंगी। लगातार और टिक्-टिक्, टिक्-टिक्।''

उसकी बातें दूसरे लोगों को पेचीदा, उबाऊ और दार्शनिकनुमा लगती हैं लेकिन मुझे दिलचस्प लगती हैं, समझ में आती हैं, शायद इसलिए कि मैं अपने बचपन से उसे जानता हूँ उसका दोस्त हूँ। और इससे पहले कि पीतल का सौन्दर्य, पीतल की अनोखी पीली द्युति मेरी स्मृति में छीज जाती, वह मुझे वापस मिल गया था।

एक दिन मैं दुपहरी में उसकी दुकान पर गया। दुकान में सिर्फ पीतल के बर्तन और पीतल की ही नाना प्रकार की चीजें हैं। उसकी दुकान अक्सर खाली रहती है। इक्का-दुक्का ग्राहक आते हैं और उनमें से भी अधिकांश कहते हैं कि पीतल बहुत महँगा है। दो चीजें खरीदने का सोचकर आते हैं और एक चीज खरीदकर जाते हैं। कभी-कभी उतना भी नहीं। मौका देखकर मैंने उससे कहा कि तुम अब किसी और चीज की दुकान कर लो। बात कठोर न हो, तार्किक भी लगे इसलिए परिहास करते हुए जोड़ा, ''सभ्यताओं में धातुओं के युग आते-जाते रहते हैं। यों भी पीतल का युग बीते युग हुए।''

''डंके की चोट पर मैं शुद्ध पीतल ही बेच सकता हूँ।'' उसने भी कुछ मजाक किया। फिर बोला, ''नहीं यार, चिन्ता की कोई बात नहीं। मेरी रोजी-रोटी इसी पीतल से मजे में चल रही है। फिर मुझे पीतल से उठती रोशनी और आवाजें पसन्द हैं। इस शहर में सिर्फ पीतल की मेरी ही दुकान है। सब जानते हैं कि यहाँ से बेहतर पीतल की चीजें और बर्तन आसपास के शहरों में भी नहीं मिलते। यों भी जीवन में आदमी किसी न किसी का हो जाता है। मैं पीतल का हो गया हूँ।''

खाली दोपहर उसके आस-पास रखे पीतल से जगर-मगर थी।

''हालाँकि जानता हूँ कि आज सब तरफ से पीतल गायब हो रहा है।''

फिर हँसते हुए बोला, ''उसे सोना बेदखल नहीं कर रहा। लोहा। स्टील उसे बेदखल कर रहा है। हालत देखो तो लगता है कि लोहा उसे दरअसल पीट रहा है। जैसे हमारे बचपन के स्कूल में लोहे की हथौड़ी, पीतल की घंटी को पीटती थी। टन्-टन्-टन्-टन्। छुट्टी! छुट्टी! छुट्टी!! लो, छुट्टी हो गई। अब कह सकते हैं कि पीतल की छुट्टी हो गई।''

मैं उसकी तरफ देखते हुए सोचने लगा कि इसके पास पीतल को लेकर कितनी अपार बातें हैं।

''अब तो प्लास्टिक भी पीट रहा है। लेकिन जहाँ पीतल चाहिए वहाँ पीतल का विकल्प मुश्किल है।'' उसने पीतल की बाँसुरी को पोंछा और गौतम बुद्ध की मूर्ति की धूल झाड़ी।

पलटकर बोला, ''और कितने सारे आदमी हैं जो माना कि सोना नहीं हैं। लेकिन वे पीतल हैं। शुद्ध, सही अनुपात में बने हुए पीतल। पीतल की आवाज से भरे हुए। अपनी आभा में दमकते। और रोजमर्रा की उपयोगी चीजों में तुरन्त ढल जाने के लिए तत्पर। उन पर पीतल की तरह इतना भरोसा हमेशा किया जा सकता है कि चाहे कितनी भी धूल-मिट्टी गिर जाए लेकिन वे हमेशा पीतल का काम करेंगे। पीतल के बने रहेंगे। आपके काम आएँगे और जरा-सा माँजने पर चमक उठेंगे।''

''लेकिन वे भी पिट रहे हैं। उनमें दोंचें पड़ चुके हैं।'' मैंने जोड़ा।

''एक मुश्किल यह भी है कि अनेक लोग जो खालिस पीतल के हैं लेकिन वे सोने में मिलने के लिए सोने जैसा दिखने के लिए उद्यत हो जाते हैं और कई बार अभिशप्त। फिर वे किसी उन्नत देश में दूसरे दर्जे के नागरिक की तरह जीवित रहते हैं।'' वह चुप हो गया और स्थिर बैठा कुछ सोचने लगा।

उस ढलती दोपहर में मैंने उसे ध्यान से देखा। सूरज तिरछा हो गया था। और एक कोने से कुछ धूप दुकान में गिर रही थी। पीतल को चमकाती हुई। पीतल के बर्तनों और पीतल की वस्तुओं के बीच बैठा हुआ दोस्त, मुझे लगा, जैसे वह पीतल की बनी हुई कोई चीज हो।

लेकिन इतना कहना काफी नहीं है। बल्कि इससे कुछ गलत सूचना भी मिल सकती है। दरअसल, वह पीतल के किसी शिल्प की तरह वहाँ बैठा हुआ था।

बारिश

1

कभी-कभी वह अपनी बारिश के बीच कहती है :

तुम्हें भीगना आता है, बारिश में भीगना आता है।
तुम बारिश में भीगते हुए इस कदर दुस्साहस करते हो कि हँसी आती है। तुम्हारी हँसी अच्छी है लेकिन बारिश भी तो एक हँसी है।
तुम बारिश में खुद को बीमार कर लोगे।
तुम इतने सालों में किस बारिश में भीग रहे थे?

लगता है वह मजाक बना रही है, खिल्ली उड़ा रही है, अफसोस जाहिर कर रही है, अपनी किसी स्वीकृति पर, किसी मौन पर और किसी हँसी पर पछता रही है। लेकिन वह बारिश में मेरे भीगने की लालसा समझती है। उस तक आँच पहुँचती है।

वह वाष्पित हुए जल से बनी है।

उस पर मैंने एक कविता भी लिखी है। थोड़ा-सा हिस्सा सुनाऊँ—

बारिश मेरे चेहरे पर गिरती है
बारिश गिरती है मेरे अगोचर में
बारिश छूती है मेरी इन्द्रियों को
बारिश छूती है मेरी अतीन्द्रियों को
धरती में जितने लवण और खनिज हैं
और धातुएँ और अयस्क जितने
वे जो मेरे रक्त की बूँद में आकर सान्द्र हैं
उन रक्त-समुद्रों में होती है बारिश

नसों-शिराओं के अक्षांशों-देशान्तरों में झूमती
मेरी अपनी ही बारिश की तरह!

जानता हूँ कि बारिश को ठीक-ठीक, पूरा-पूरा किसी कविता में भी नहीं लिखा जा सकता। कहानी में तो कतई नहीं। वह गद्य के स्पर्श भर से स्थूल हो जाएगी। या हो सकता है वह विवरण के किसी रेगिस्तान में ही विलीन हो जाए। जबकि उसके हर अंग से बारिश होती है। उन अंगों से भी जो मृत कोशिकाओं से बने हैं। उसके नाखूनों से। उसके रोओं से। और पलकों से। सबसे ज्यादा उसके केशों से। जहाँ घने बादल रहते हैं, जहाँ से घटाएँ उठती हैं और जल धूल-कणों से लिपट जाता है। और वहाँ से जहाँ शहद भरे छत्ते हैं, लताएँ हैं, पत्ते हैं और जहाँ फुलवारी है, फल पल्लवित हैं और जहाँ से बौछारें आती हैं। और वे जगहें जहाँ लगातार रिमझिम होती रहती है और उसके भीतर के वे बरामदे, जो हैं ही इसलिए कि वहाँ बैठकर भीगा जा सके और वे दिशाएँ जहाँ से हहराकर पानी उठता है। और वहाँ से जहाँ लालिमा फैल गई है। और ऐसी तमाम जगहें जो किसी वर्णन में मुमकिन ही नहीं। उसके भीतर अन्तर्धाराएँ हैं। ऐसे स्रोत, जो कभी सूखते नहीं। अनगिन अमर झरने हैं जो जरा से स्पर्श से ही प्रकट हो जाते हैं। उसके गोपनीय जलप्रपात भी कितने पारदर्शी हैं, कितने उजागर! वह बारिश है। अनन्त बारिश।

2

इस हद तक कि वह हर चीज को बारिश बना देती है। यह उसका जादू नहीं है। वह तो बारिश है, इसलिए सभी को भिगो देती है। अपने में शामिल कर लेती है और फिर वह हर शै जो उसके करीब से भी गुजरती है, बारिश हो जाती है। वह मुझे देखती है और मैं भीग जाता हूँ। मैं उसे छूता हूँ तो लगता है मैं बारिश के बीचोबीच हूँ। मैं उसका नाम लेता हूँ "बारिश!" और देखता हूँ कि खिड़की के बाहर वह हो रही है, पल्लों के काँच पर से बूँदें बह रही हैं और सब कुछ एक नमी में, मिट्टी से उठती गन्ध में, अर्धपारदर्शिता में डूब गया है। अब आपको बाहर कुछ दिख रहा है, कुछ नहीं दिख पा रहा है। हर चीज में से ऊष्णता, तीक्ष्णता, कठोरता गायब हो गई है। आप लोहे की कुर्सी का हत्था पकड़ते हैं, गिलास उठाते हैं, किताब छूते हैं तो देखते हैं कि सब पर मुलायमियत है, सबमें बारिश शामिल हो गई है। लकड़ी से बुरादे की गन्ध

उठने लगी है। कपड़ों का कपास फूल गया है। कागज में हरी टहनियों की लचक है। हर कोई अपने मूल अवयवों के साथ, अणुओं के साथ आपके सामने है। उसके अपने होने में तर-बतर!

वह बारिश है तो उसके साथ बिजली है, कौंध है। मेघों का नाद भी है। इन सबसे उसमें आवाज और रोशनी पैदा होती है। वह मेरी स्मृतियों के घरों की टीन की छतों पर हो रही है और खुले मैदानों में, खेतों में हो रही है। वह चाँदनी में धूसर है और धूप में चमकती है। रात में वह रहस्य भर देती है और मरती हुई दूब तक को जीवन देती है। वह हर चीज को भिगो देती है। राह में जा रहे साइकिल सवार को, एक तरफ खड़े हुए ताँगे को, नीम के पेड़ को, उधर उस पत्थर को। जो कुछ भी इस दृश्य में मैं देख पा रहा हूँ हर उस चीज को। जैसे वह साइकिल पर सवार होकर कहीं जाना चाहती है। पत्थर को उसके पूर्वजों की याद दिलाना चाहती है। पेड़ पर कुछ देर ठहरना चाहती है। पत्तियों के प्रति, जड़ों के प्रति अपना आभार प्रकट करना चाहती है। यह उसका सरोकार है, यह उसका असीम प्रेम है और यह उसका प्रतिदान है जिसने मुझे उसका बना दिया है। जब वह बरसती है तो उसे कुछ होश नहीं रहता। उसमें गाफिल होने का माद्दा है। वह बरसते हुए खुद भीग जाती है। अब उसने बाहुपाश में भर लिया है और इस समय मैं भीगने के सुख में हूँ। वह जहाँ गिर रही है, सिर पर, मेरी त्वचा पर और मेरी आँखों पर, हर जगह उसकी नोकें हैं जो मुझे कोमलता से बींध रही हैं।

जब-जब वह बरसती है, उसमें से एक नई आवाज उठती है। उस आवाज से पहले वैसी आवाज दुनिया में कभी नहीं थी, कहीं नहीं थी। हर बार वह अपने आप में पहली और मौलिक आवाज की तरह सुनाई देती है। पत्तों पर बारिश का गिरना सुनो, अपनी देह पर, सूखी फटी हुई धरती में उसका गिरना सुनो। रास्तों में, मैदानों में, अपने वर्तमान में और गहराती रात में उसका गिरना सुनो। उसकी आवाज में हमेशा एक भीगा हुआ कंठ होता है। जैसे उसकी आवाज समुद्रों की लहरों से पैदा हुई है और अनन्त में अपने घर को छोड़कर आ रही है। जैसे वह समुद्र की और आकाश की स्मृति में बरस रही है। घबराहट और बेलौसपन में बरस रही है। बारिश की आवाज मेरे भीतर थरथराहट भरती है। उस आवाज में करुणा, रौद्र, उत्कटता और उद्दीपन जैसे एक साथ उपस्थित हैं। बारिश की आवाज शेष दूसरी आवाजों की दुनिया के

ठीक बीचोबीच बरस रही है, अपने सौन्दर्य, पुकार और अपने आदिम होने की खुमारी में डूबी हुई। एक अलसाई हुई लेकिन सबसे मादक आवाज।

3

पिछली बार मेरे रहने की जगह बारिश में बह गई। मैं जहाँ सिर छिपा सकता था, मैं जहाँ अपने होने को रख सकता था, वह जगह बह गई। मेरा कितना कुछ प्रवाह में बह गया। लेकिन यह तो होता है। हर बार होता है। मैं धीरे-धीरे वापस सब कुछ इकट्ठा करता हूँ। फिर एक शरण बनाता हूँ। फिर एक छप्पर तानता हूँ। और फिर बारिश का इन्तजार करता हूँ। यही मेरा जीवन है। बारिश में सब कुछ बह जाने देना, फिर इकट्ठा करना, नया कुछ बनाना, बारिश का इन्तजार करना और फिर उस बारिश में बह जाने देना जो मेरे लिए आती है। मेरे लिए बरसती है। मेरा सब कुछ बहा ले जाती है। यह उसका काम है। उसकी प्रकृति है। इसी से वह बारिश है। वह मुझे बहाए ले जाती है। वह तब तक बरसती है जब तक मेरी दीवारों को ढहा नहीं देती। जैसे मेरे ढह जाने में ही उसका होना है।

वह इसलिए भी बारिश है कि उसमें संगीत है। आलाप ने, रिमझिम ने, पुकार ने और टूटकर बरसने ने, द्रुत ने उसे बारिश बना दिया। मैं किसी को बारिश कैसे कह देता यदि उसमें आरोह-अवरोह नहीं होता, यदि उसमें उठान और तान नहीं होती, संगति नहीं होती, यदि उसमें मंद्र स्वर नहीं होते और उपस्थित होते हुए भी कहीं अपने ही नाद में गुम हो जाने की बेख्याली नहीं होती। ये स्वर उधर से उठ रहे हैं जिधर बारिश है। वह एक लय है और सब तरफ संगीत भर देती है। जैसे यह पूरा संसार एक सभागार है, मैं कोने में बैठा हूँ और वह मेरी बारिश, अपना संगीत रच रही है। वह संगीत जो बारिश से ही पैदा हो सकता है। जिसे बारिश के संग-साथ होकर ही सुना जा सकता है। मैं उसे छूता हूँ, उसमें भीगता हूँ और अब संगीत में सराबोर हूँ।

उसमें वही शरारत है जो सिर्फ बारिश में हो सकती है। जब उसके आने की कल्पना भी नहीं की जा सकती, वह आएगी और बचने का सोचोगे तब तक तो भिगोकर चली जाएगी। भीड़ भरे बाजार में सिर्फ मुझ पर ही बूँदें गिरेंगी, और शेष सब सूखे बने रहेंगे। सब मेरी तरफ विस्मय से देखेंगे कि मैं

कैसे भीग गया! मन होगा तो वह अपने होने के बीच से ही धूप को जगह दे देगी। उसके स्थापत्य में से धूप इस तरह निखरकर, निथरकर आएगी कि धूप का नया संस्करण बन जाएगा। वह अपने में से होकर गुजरनेवाली हर चीज को फिर से परिभाषित कर देती है। यह उसका स्वभाव है। वह जो है, जैसा है, उसको नया कर देती है। फिर वह अपने होने को हजार तरह से याद दिलाती है। जैसे अब आजीवन बारिश के बीच ही रहना है। मच्छरदानी में सोते हुए लगता है कि मैं रिमझिम बारिश में सो रहा हूँ। देर रात में दूर कहीं से किसी गीत की आवाज आती है, जैसे बारिश में से होकर आ रही है। यह इन्द्रधनुष है और उधर किसी पक्षी की प्रसन्न पुकार। यह बारिश का होना है।

वह यहीं कहीं है।

कभी वह अनन्त तक बरसने के लिए आती है। तीव्रता से, मंथर होकर, कभी न रुकने की जिद के साथ बरसती है। जैसे सब कुछ को अपने में समाहित कर लेना चाहती है। जैसे उसकी राह में पड़नेवाली किसी चीज की उसे परवाह नहीं। वह बाढ़ से, उफान से भरी है। उसने खुद के बन्धन तोड़ दिए हैं। तट बह गए हैं और सिर्फ सैलाब है। जैसे वह अपने भीतर का सारा एकत्र जल खाली कर रही है। अब वह एक दूसरे विशाल पात्र में रीत रही है। महसूस कर सकता हूँ कि वह मेरे मस्तक पर है। मेरे कन्धों पर, हथेलियों पर और मेरी छाती पर। वह धीरे-धीरे रिसती है। बूँद-बूँद।

मेह की तरह तो वह बरस ही चुकी है।

सोचता हूँ उसे कहीं छिपा लूँ। यह कितना नामुमकिन और हास्यास्पद है कि मैं बारिश को छिपा लेने का विचार करता हूँ। संसार की हर चीज को आप छिपा सकते हैं। वह आग, बर्फ, रेत, तारा, फूल या तितली होती तो मैं उसे छिपा लेता, अपने किसी कोने-किनारे में रख लेता। जज्ब कर लेता। लेकिन बारिश को कैसे छिपाया जा सकता है। उससे बचने की कोशिश भी बेकार है। और उस बारिश का क्या करें जो दूर से ही आपको गिरफ्त में ले लेती है। बारिश को दूरी से देखना भी तो उसमें भीगना ही है। यह बात वह समझती है और हँसती है।

इस तरह भी वह वृष्टि करती है।

4

हो सकता है वह मुझ पर उस तरह गिरती हो जिस तरह उजाड़ हो गए खँडहर पर बारिश होती है। जिस तरह किसी उदास वृक्ष पर बारिश गिरती है। जैसे खुद के होने की आवाज सुनने के लिए वह किसी पाताल में गिरती है। वह मुझे कृतज्ञ बनाती है और कभी गौरव से भर देती है। कभी लगता है जैसे वह दयार्द्र होकर बरसती है। लेकिन मैं जानता हूँ कि उसमें से भाप उठती है। वह धुआँ उठता है, जो आवेग और उत्ताप से ही मुमकिन होता है। इसी से मैं उसे अपनी बारिश कहता हूँ। मैं चाहता हूँ कि वह अपने सारे नाम, सारे सम्बोधन भूल जाए और याद रखे कि वह बारिश है, उमड़कर गिरती हुई बारिश। ताप से भरी खुरदरी जमीन पर गिरती बारिश, जो उसकी बूँदों को अपनी गहराइयों तक ले जाए। और समो ले।

हो सकता है एक दिन वह कहे कि मैं बारिश ही नहीं हूँ। आखिर उसका एक दुलार भरा नाम है जिससे उसकी माँ उसे पुकारती रही, जिससे पिता ने उसे आवाज दी। उसका एक सम्बोधन है जिससे उसके बच्चे उसे पुकारते हैं। और एक नाम और है जिसे उसने अपने दाम्पत्य को दे दिया है। वह कई जगह बारिश नहीं हो पाती। बारिश भी हर जगह बारिश नहीं हो सकती। एक दिन वह पूछेगी कि मैं बारिश कैसे हो सकती हूँ! मैं तो एक डरी हुई, जकड़ी हुई महज घरेलू स्त्री हूँ, खुद में ही भीगी हुई चिड़िया, एक गिलहरी हूँ। बारिश में भीगती, तेज हवा के झोंकों से इधर-उधर होती हुई एक पत्ती हूँ। एक दिन वह कहेगी कि मैं बारिश नहीं हूँ और यदि थोड़ी-बहुत हूँ भी तो तुम्हारी बारिश नहीं हूँ। तुम्हारी हूँ तो सिर्फ एक ऋतु हूँ। अपना ही एक अन्तराल हूँ। एक अवकाश। भीगती हुई पृथ्वी हूँ और आर्द्रा हूँ। नक्षत्र हूँ। अपने ही जल का भार उठाने में असमर्थ बदली हूँ या महज धूल-धुएँ से भरा एक नम हृदय। जहाँ थोड़ा-बहुत पानी तो हमेशा होगा ही। और महज इसी वजह से तो कोई बारिश नहीं हो जाता।

लेकिन मैं जानता हूँ कि वह मेरी बारिश है। यदि मैं उसे पुकार भर लूँ तो वह इस तरह बरसना शुरू करती है, जितना किसी का होकर ही बरसा जा सकता है। बारिश के अलावा किसी के लिए मुमकिन नहीं कि इस तरह बरस सके। फिर मैं भीगता हूँ और वह बरसती है जैसे किसी निर्जन पठार पर,

चट्टान पर, ताल पर या जंगल पर टूटकर बारिश गिरती है। अब वह मेरे रेशों में है। मेरी मज्जा में, मेरी जड़ों में और मेरे नाभिक में।

5

अब उसने दूसरी सारी आवाजों को आगोश में ले लिया है।
दशों दिशाओं से बारिश की आवाज आती है।
उसने हर दृश्य को ढाँप लिया है।
अब सब तरफ सिर्फ बारिश है।
मेरी बारिश।

कहना-सुनना

1

जब पिता इक्यावन के हुए, उन्होंने मुझसे बात करना कम कर दिया था। अपनी आपाधापी में इसका अहसास मुझे कई सालों बाद हुआ। तब इस देरी के लिए, इस अन्तराल के लिए मुझे कुछ दिनों तक बड़ी शर्मिन्दगी रही।

दरअसल, उन्होंने ही एक दिन, जैसे याद दिलाया, ''तुम तो जानते ही हो कि पिछले कुछ समय से, ठीक कहूँ तो सात सालों से, मैंने तुमसे ज्यादा कहना-सुनना बन्द कर दिया है। जब तुमने एक बार मुझसे पलटकर कहा था कि अब मैं छब्बीस का हो गया हूँ और आप मेरे मामलों में ज्यादा टोका-टाकी न किया करें, मैं पहले ही परेशान हूँ। तब से देखा ही होगा कि मैं तुमसे कुछ नहीं कहता। तुम सुनना भी नहीं चाहते इसलिए मैं चुपचाप अपना काम करता हूँ और तुम्हें पूरी आजादी है। मैं आज यह जानना चाहता हूँ कि पिछले इतने सालों से भी तुम परेशान क्यों बने हुए हो?''

मेरी चुप्पी को पार करते हुए उन्होंने जोड़ा, ''संसार का हरेक पिता अपने बच्चों को प्रसन्न देखना चाहता है।''

उस दिन से मैंने खुश होने के बारे में गम्भीरता से सोचना शुरू किया। लेकिन पिता ने बाद में भी मुझसे बहुत कम बातचीत करना जारी रखा।

2

माँ ने बताया कि पिता कुछ कम सुनने लगे हैं। कई बार तो उनसे चीखकर, चिल्लाकर कहना पड़ता है। तब वे समझते हैं कि मैं उन्हें डाँट रही हूँ। जोर से बोलने पर मुझे रोना आ जाता है। मैंने उनसे कभी ऊँची आवाज में बात नहीं

की। मुझे लगता है कि मैं रोज दिन में कम से कम पन्द्रह-बीस बार उनका अपमान करती हूँ।

पिता तिरेसठ के हो गए थे। मैं उन्हें डॉक्टर के पास ले गया। डॉक्टर ने जाँच करने के बाद कहा कि इन्हें पुराना जुकाम है। और अब 'हीरिंग ऐड' लगेगी। पिताजी ने मशीन कुल दो दिन लगाई और अपनी छोटी-सी सन्दूक में बन्द कर दी। कि इससे इतनी तरह की आवाजें आती हैं जितनी वे सुनना नहीं चाहते। और हर एक आवाज बहुत तेज आती है। डॉक्टर ने और फिर मैंने समझाया कि धीरे-धीरे आदत बन जाएगी। उन्होंने कहा कि वे इतनी आवाजें नहीं सुन सकते। कि वे चिड़ियों की आवाजें और पंखे की घर्र-घर्र की कर्कशता एक साथ, एक जैसी तेज आवाज में नहीं सुन सकते। कि उन्हें चक्कर आने लगते हैं। फिर कुछ रुककर बोले, "यों भी केवल तुम्हारी माँ ही मुझसे बात करती है। बेहतर है उसे एक भोंपू दिला दो।"

उस दिन मैंने हिसाब लगाया कि हाँ, बारह साल हो गए हैं।

3

आखिर माँ पिता से चीखकर बातें करते हुए मर गई। वह कहना चाहती थी कि मुझे अस्पताल मत ले जाओ। लेकिन पिता बच्चों के आगे असहाय थे। वह आखिरी बार इतना जोर से चिल्लाई थी कि उसे हृदयाघात हो गया। शायद यह सोचकर भी उसे धक्का पहुँचा हो कि उसने पिता का कुछ ज्यादा ही अपमान कर दिया।

करीब तीन महीने बाद पिता ने सन्दूक में से 'हीरिंग ऐड मशीन' निकालकर मुझे दी, "इसे किसी को दे देना, मुझे इसकी जरूरत नहीं है।"

उसके दो महीने बाद पिता ने पाँच हजार रुपये दिए और कहा कि एक हजार हर महीने के हिसाब से दूँगा। तुम्हारे साथ रहने-खाने के लिए। तुम्हारी माँ थी तो वह घर के काम कर देती थी। मैं घर के काम कुछ कर नहीं सकता।

मैंने कहा, "नहीं। यह नहीं होगा। मैं पैसे नहीं ले सकता। आप मेरे पिता हैं।" उन्होंने कान पर हथेली की ओट बनाकर कहा, "मुझे साफ सुनाई नहीं दे रहा है लेकिन मैं समझ रहा हूँ कि तुम पैसे लेने के लिए मना कर रहे हो। मगर तुम पैसे नहीं लोगे तो मैं यहाँ नहीं रहूँगा।"

पिता इस तरह सत्तर साल के हो गए।

4

उनके पास एक पुरानी साइकिल है। उसकी मरम्मत वगैरह वे नियमित रूप से कराते रहे हैं। आज भी वह काफी अच्छी हालत में है। पच्चीस साल पुरानी साइकिल केवल आठ-दस साल पुरानी लगती है। उसमें से घंटी निकलवा दी है। कहते हैं कि खराब हो गई थी। यों भी, कितनी घंटी बजाओ, रास्ते से कोई नहीं हटता। किसी को कुछ सुनाई नहीं देता। इतनी आवाजें सड़क पर, बाजार में होती हैं कि उसमें भला साइकिल की घंटी किसे सुनाई देगी? साइकिल तो आजकल किसी को दिखाई भी नहीं देती। उसे कोई वाहन भी नहीं मानता।

और जब घर में ही किसी को कुछ दिखाई-सुनाई नहीं देता, बाहर का आदमी क्यों कुछ सुनेगा? और वह भी साइकिल की घंटी। आखिर तूती भी कब तक बजाई जा सकती है, जब कोई कुछ सुनना ही नहीं चाहता।

5

अब वे साइकिल का हैंडल थामकर पैदल चलते हैं। जैसे साइकिल को घुमाने ले जा रहे हों। या साइकिल उनकी चलित-छड़ी हो। वे सड़क पर एक किनारे चलते हैं। पूरा कस्बा उन्हें पहचानता है। खासतौर पर ऑटोवाले और सड़कों पर रोज जीप, मैटाडोर, मोटरसाइकिल चलानेवाले लोग। दूधवाले भी। उन्हें देखकर कोई हॉर्न नहीं बजाता। वे अपनी एक पटरी बनाकर चलते हैं। उन्हें देखकर जो हॉर्न बजाए वह बेवकूफ ही कहलाएगा। या फिर वह अजनबी होगा या उसे रतौंधी होगी।

सब्जी लाना उनकी दिनचर्या में शामिल है। चाहे फिर वे एक पाव पालक या सिर्फ थोड़ा पुदीना ही लाएँ। वे सब्जीमंडी में सर्वाधिक परिचित ग्राहक हैं। फुटपाथ पर बैठे किसी भी सब्जीवाले के पास जाते हैं, और उससे कुछ नहीं कहते। वह जान लेता है कि उन्हें क्या चाहिए और कितना। जितने पैसे वे देते हैं, वह रख लेता है। कभी कुछ वापस भी कर देता है। कभी-कभी पिता उनके हाल पूछते हैं "अच्छे हो!" यह उनका पसन्दीदा सवाल या वाक्य है। उम्मीद है। कामना है। हर बार राज कपूर की तरह हथेली दिखाकर उन्हें आश्वस्त कर दिया जाता है।

लौटते हुए अक्सर वे मन्दिर जाते हैं और बाहर के बरगद के पेड़ के चारों ओर बने चबूतरे पर बैठ जाते हैं। साइकिल को विश्राम मिलता है तो वे भी तरोताजा हो जाते हैं। मन्दिर के भीतर जाकर, मूर्ति से कुछ कहते या माँगते हुए उन्हें किसी ने नहीं सुना। घर में भी उन्हें किसी ने चाय या रोटी कहते नहीं सुना।

उन्होंने अब प्रति माह डेढ़ हजार रुपये देना शुरू कर दिया है।

6

इधर कुछ अरसे से वे रोज लायब्रेरी जाते हैं। शाम पाँच से सात। सिन्धिया के जमाने की लायब्रेरी घर के एकदम पास है। पुरानी बड़ी-बड़ी, हिलती-डुलती मेजें। वैसी ही बैंचें। भारी पंखे। दीवारों से प्लास्टर से पहले वह कलई की पपड़ी गिरती है जो अनेक बार की पुताई से बन जाती है। जिसके गिरने से कोई आवाज नहीं होती।

लायब्रेरी बन्द क्यों नहीं हो रही है, यह अचरज और कोफ्त का विषय हो सकता है। लायब्रेरी में अब पहले से भी अधिक, अपूर्व शान्ति छाई रहती है। बोलना मना है, इसलिए सुनना भी मना हो जाता है। दस-बारह अधेड़ या बुजुर्ग लोगों द्वारा अखबारों को उलटने-पलटने की आवाजें भी वाचनालयी शान्ति का हिस्सा लगती हैं। युवक यहाँ नहीं आते। उधर कोने में वह पट्टी है, जो गलत वर्तनी के कारण भी अपना ध्यान खींचती है, "कृप्या, शान्ति बनाए रखें।" कभी सफेद रहे इसके अक्षर धूल और नमी से धुँधले हो चले हैं।

बहुत कम बातचीत का क्रम जारी रखे हुए पिता को अब पच्चीस बरस से ऊपर हो गए हैं।

खुशी

बेटा तुलसी की चाय और बगल के मैडिकल स्टोर के मालिक की सलाह पर खरीदे गए खाँसी के सीरप को पीता हुआ, एक महीने से बुरी तरह खाँस रहा था। आखिर मैं एक सुबह चाइल्ड स्पैशलिस्ट के पास गया। उसने कुछ टेस्ट लिख दिए। बेटे का एक्स-रे और कफ की जाँच करवाने से मालूम हुआ कि जान से प्यारे, मेरे नौ बरस के बेटे को टी.बी. है।

तपेदिक। क्षय रोग। राजयक्ष्मा।

सोचकर मेरी छाती बैठ गई। अगले दिन जब रिपोर्ट लेकर गया तो डॉक्टर ने कहा कि कोई खास बात नहीं। आप पढ़े-लिखे आदमी हैं, जानते ही होंगे कि आजकल टी.बी. का इलाज पक्का है और बहुत महँगा नहीं है। मैं यह बात इसलिए जानता था कि कई लोगों से यह सब सुनता ही रहा था। कई बार अखबारों में, अस्पताल की दीवारों पर, जनहित में जारी इश्तहारों में भी पढ़ चुका था। रेडियो, टेलीविजन भी प्रचार में जुटे हुए थे। मगर मैं घबरा गया और माथे से पसीना पोंछने लगा। डॉक्टर को एक जवान आदमी के इस तरह घबराने पर गुस्सा आया होगा। उसने मुझे झिड़की और सान्त्वना एक साथ देते हुए कहा कि आप बिलकुल चिन्ता न करें। पर्चे में दवाइयाँ और परहेज लिख ही दिया है, छह महीने तक दवा खिलाइए और उसे पौष्टिक चीजें दीजिए। दूध, अंडा जरूर दें। लेकिन मैं महसूस कर रहा था कि उदासी और कोई घबराहट मेरा पीछा कर रही है।

पस्त चाल से मैं घर लौट आया और बेटे को अपने पास बुलाकर उसे प्यार करने लगा। बेटा अपना कोई खेल छोड़कर आया था, उसे मेरे प्यार करने में कोई खुशी नहीं मिल पा रही थी। कोई कारण भी उसे समझ नहीं आया होगा। मुझे भी वह प्रफुल्लता हासिल नहीं हो पा रही थी जो बेटे को दुलारकर होती है। वह वापस भाग गया। मैं फिर निढाल हो गया।

सन्ध्या गुसलखाने में थी और कपड़े धो रही थी। यह कपड़े ही धोती रहती है। धोबन है। इसको भी जरूर एक दिन टी.बी. होगी। क्या पता हो ही चुकी हो। कभी-कभी खाँसती भी है। जरा-सा चलने में, जीने चढ़ने में भी हाँफने लगती है। कुछ दिन पहले कह भी रही थी कि थोड़े ही काम में बहुत थक जाती हूँ। हजार बार मना किया है कि इतने कपड़े एक साथ मत धोया करो। लेकिन बात मान जाए तो फिर धोबन कैसी!

मैं बॉलकनी में आ गया। वहाँ से गली का दृश्य दिखने लगा। सब तरफ धूल उड़ रही थी। धुआँ एक पर्त की तरह दृश्य का स्थायी हिस्सा हो चुका था। धूल और धुएँ का विशाल वृत्त था जिसमें बच्चे अंटियाँ खेल रहे थे। क्रिकेट खेल रहे थे। हँस रहे थे। बुरे बच्चे, जो दरअसल ताकतवर थे, अच्छे समझे जानेवाले कमजोर बच्चों की धुनाई कर रहे थे और पिटते हुए बच्चे माँ की आवाज को अनसुनी करते हुए अपना खेल जारी रखे हुए थे। कुत्ते उनके बीच अपनी कुत्तई कर रहे थे। उनकी कुत्तई के ठीक बीचोबीच बच्चे कभी-कभी पत्थर फेंक देते थे।

सामने दूसरों की बॉलकनियों में कपड़े सूख रहे थे। कुछ देर बाद यह बॉलकनी भी कपड़ों से भर जाएगी। पूरी बॉलकनी में डिटर्जेंट की गन्ध फैलने में कुछ ही वक्त रह गया था। फिर यहाँ मैं खड़ा नहीं रह सकूँगा। धूप और कुनकुनेपन से भरी यह सारी जगह गीले, लटकते कपड़ों से भर जाएगी। एलर्जियों से पीड़ित आदमी को डिटर्जेंट की गन्ध क्या कुछ तकलीफ दे सकती है, यह बात डिटर्जेंट बनाने वाली कम्पनियाँ कभी नहीं समझ सकतीं। शायद न ही उन्हें समझने की जरूरत है। धप्प-धप्प और कुटाई जारी थी। उसमें एक मजेदार और जिद से भरी हुई हाँफने की आवाज शामिल थी। मर साली।

फिर मुझे दया आने लगी। इच्छा हुई कि इसे बाथरूम से बाहर बुलाऊँ और कहूँ कि क्या कपड़े धोने में लगी हो। कुछ पता है, तुम्हारे बेटे को टी.बी. हो गई है। मगर मैं अच्छी तरह जानता हूँ कि फिर क्या होगा। वह ढह जाएगी। तत्काल रोने बैठ जाएगी। मेरे जैसा रोना नहीं। एक स्त्री की तरह रोएगी। अपने विकासक्रम में संचित परम्परा का निर्वाह करते हुए रोएगी। इतना कि पड़ोसनें आ जाएँगी। उसे तो शायद यह भी अन्दाजा नहीं है कि आजकल टी.बी. कोई मारक बीमारी नहीं है। जरा-से पैसे हों और परहेज कर लिया जाए तो कोई टी.बी. से नहीं मर सकता। नहीं, उसे यह सब बताना ठीक नहीं। न खुद चैन

से जिएगी और न मुझे जीने देगी। हो सकता है बेटे को गोद में बैठाकर पुचकारती हुई उससे ही कह दे "मालूम है! तुझे कैसा भयानक रोग हो गया है।" सड़क पर आवाजाही और भीड़ थी। किसी के पास वक्त नहीं था। जैसे किसी को पता ही नहीं था कि पूरा संसार धुएँ और धूल के एक अनन्त घेरे में मजे मार रहा है। एक दिन सबको टी.बी. हो जाएगी तब पता चलेगा कि मजे मारना क्या होता है। नीचे एक लड़का सुअर पर पत्थर फेंक रहा था। सुअर बेपरवाह था। जैसे यह दुनिया बेपरवाह थी।

सन्ध्या कपड़े फैलाकर, अपनी लटें सँभालती, मुस्कराते हुए आई। मैंने एक पत्रिका में अपने को छिपा रखा था। उसने पूछा कि डॉक्टर ने क्या बताया। मैंने एकदम संयत होकर, बेफिक्री दिखाते हुए जवाब दिया, "कोई खास बात नहीं। यों ही ठंड की खाँसी है। दवाएँ लिख दी हैं। कहा है कि खूब खाने-पीने दो जिससे अन्दरूनी ताकत भी आ जाएगी और बार-बार सर्दी-जुकाम नहीं होगा।" वह निश्चिन्त होकर चाय बनाकर लाई। उसकी निश्चिन्तता से मुझे कुछ सन्तोष हुआ।

लेकिन मैं अशान्त था। मैं घर से बाहर निकल आया। यों देखने को, कहने को सब तरफ चहल-पहल थी। लेकिन मेरे मन में खुशी किसी तरह लौट ही नहीं रही थी। सन्ध्या को कुछ बताया नहीं जा सकता था। गृहस्थी में अनेक वजन अकेले ही ढोने पड़ते हैं। फिर सोचा कि बताना ही होगा तो कुछ दिनों बाद, जब बेटे की हालत में सुधार दिखने लगेगा, बता दूँगा। यह भी समझा दूँगा कि यह कोई लाइलाज बीमारी नहीं है। यही सब सोचते हुए इधर-उधर टहलने, टल्ले खाने के बाद सोचा कि घर लौटने से पहले दो पैग लिये जाएँ। फिलहाल की चिन्ता-मोह-माया को दूर करने के लिए शायद यही उपाय कारगर हो सकता है।

जब रात साढ़े दस बजे घर लौटा, पत्नी ने दरवाजे पर ही मेरे पुरुष को आक्रान्त कर देनेवाले भाव से देखा। मुझे अच्छा नहीं लगा। न ही किसी उत्तेजना का अनुभव हुआ। बिस्तर पर बेटा गहरी नींद में सो रहा था, सुन्दर, सुकोमल और निश्चिन्त। लेकिन मुझे लगा कि यह किसी भी क्षण खाँस सकता है। मैं अकुलाहट से भर गया। शराब ने भी मेरे साथ धोखा किया। बेटे को लेकर मैं लगातार चिन्तित और आशंकित बना हुआ था और सोने का अभिनय कर रहा था।